제주도에서
한 번 살아볼까?

제주살이, 낭만부터 현실까지

초판 1쇄 발행 2017년 3월 21일
초판 2쇄 발행 2017년 10월 13일

지은이   김지은
발행인   안유석
편집장   이상모
편 집   전유진
표지디자인 박무선
펴낸곳   처음북스, 처음북스는 (주)처음네트웍스의 임프린트입니다.

출판등록 2011년 1월 12일 제 2011-000009호
전화 070-7018-8812 팩스 02-6280-3032
이메일 cheombooks@cheom.net

홈페이지 cheombooks.net 페이스북 /cheombooks
ISBN   979-11-7022-110-4 03810

제주도에서
한 번 살아볼까?

제주살이, 낭만부터 현실까지

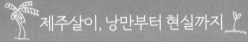

김지은 글

돈 없고, 빽도 없고, 가진 거라고는 들끓는 마음밖에 없는
청춘의 제주 이민 성공기

처음북스

1: 제주 입성 신고식! 한겨울의 집구하기 대장정

2: 제주 정착 첫걸음은 현지화

3: 이별은 쿨하게,
만남은 진하게,
생활은 제주스럽게

4: 내 혈액형은 생활밀착형

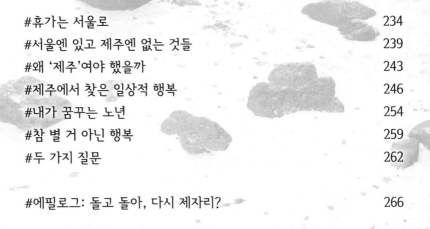

5: 제주의 선물, 작지만 큰 일상을 돌아보며

부록: 초보 제주 이주민 탈출을 위한 꿀팁

1: 제주 입성 신고식!
한겨울의 집구하기 대장정

#서른, 제주살이를 꿈꾸다

내 고향은 서울이다. 부모님도 마찬가지다. 지방에 적을 둔 친척도 없다. 그래서 민족대이동이 벌어지는 명절연휴에도 내려갈 시골집이 없어 서울에서만 연휴를 보내곤 했다. 나는 태어날 때부터 어쩔 수 없이 서울 토박이였다. 서울에서 태어나 서울에서 자랐고, 대학을 졸업한 후에도 내내 서울에서 일했다. 나에게 서울은 '당연히 내가 살아야 할 곳'이었다. 한 번도 서울을 떠나 살 수 있다고 생각하지 못했다. 그런 내가 지금은 제주 이민 4년차가 되어, 이곳 제주에 살고 있다.

제주 이민을 선택한 이유는 여러 가지가 있었지만, 무엇보다 가장 큰 이유는 '그냥 제주에 살아보고 싶어서'였다. 어릴 때부터 바다를 좋아해서 시간이 날 때마다 혼자 강릉 경포대로 향하는 고속버스에 오르곤 했다. 방송 작가를 하면서 여행코너를 맡았을 때는 촬영지를 바다나 섬으로 잡아서 일부러 현장까지 따라갔다. 몸은 고단해도 그저 넓고 청량한 바다를 보면 마음이 녹아내렸다.

그렇지만 방송 작가는 직업 특성상 워커홀릭이 되어야만 살아남을 수 있다. 요즘 대부분의 직장인이 그렇게 살고 있을지 모르지만, 방송 작가에겐 주말이 따로 없다. 녹화 끝나면 자막 뽑기 전 가편본 기다리는 시간이 잠깐 여유로울 뿐, 그마저도 다음 주 방송 때문에 회의하고, 구성안을 쓰고, 섭외해야 한다. TV는 쉬는 시간도 빨간 날도 없이 틀면 언제든지 나온다. 결방은 용납할 수 없는 일이며, 하늘이 무너지고 내일 지구가 멸망해도 내가 만드는 방송은 반드시 정해진 요일, 바로 그 시간에 전파를 타야한다. 아마 나뿐만 아니라 방송에 종사하는 사람 대부분이 동감할 것이다.

방송 이야기를 하다 보니 잠시 삼천포로 빠졌다. 여하튼 그렇게 치열하게 살다보니 나도 후배들한테 '언니' 소리 좀 듣는 연차가 되었는데, 몸이 아프기 시작했다. 결국 불규칙한 생활에 과로가 겹쳐 입원까지 했다. 큰 병은 아니었지만 "스트레스와 과로를 조심하지 않으면 더 큰 병이 올 수도 있다"는 상투적인 의사의 말에도 신경이 쓰였다. 딱히 오래 살고 싶은 생각은 없었지만, 병원에 누워 있다 보니 세상이 달라보였다. '의미 있는 일을 하고, 열심히 사는 것도 좋지만, 언제 죽을지 모르는 인생인데, 즐겁게 살아야 하지 않을까?' 하는 생각이 나를 흔들었다.

퇴원을 하자마자 하던 일을 그만두고 일단 여행 갈 짐부터 쌌다. 새벽에 티켓을 끊고 바로 아침 비행기로 갈 수 있는 곳! 그냥 즉흥적으로 혼자 제주여행을 시작했다. 그때만 해도 여자 혼자서 제주여행을 한다는 건 생소하고 쉽지 않은 일이었는데, 나는 겁도 없었다. 죽다 살아났으니 두려울 게 없다는 듯 혼자서 제주도를 누비고, 심지어는 아무런 경계심도 없이 히치하이킹을 해서 낯선 사람들의 차를 얻어 타고 다니기도 했다. 요즘은 하도 무서운 뉴스를 많이 접해서인지 도저히 상상도 할 수 없는 행동이지만, 그때는 좀 달랐다. 세상을 너무 해맑게만 봐서 그랬을 수도 있겠지만, 냉정하게 돌아보면 그때의 나는 한마디로 '겁대가리 상실한 상태'였다고 해도 과언이 아니다.

갑작스레 떠난 혼자만의 제주여행은 내게 수많은 에피소드를 남겼고, 지쳐있던 내 영혼을 뜨겁게 채워주었다. 그리고 그만큼 많은 아쉬움과 미련을 남겼다. 그래서 다시 서울로 돌아가 똑같이 일을 하고 예전처럼 살다가도 틈만 나면 제주행 비행기 표를 끊었다. 그런데 계속 와도 돌아갈 땐 항상 미련이 남고, 더 오래 머물고 싶었다.

'아……. 그냥 여기서 살고 싶다.'

내 마음에 작은 욕심이 싹트기 시작했다.

#제주 이민을 망설이게 하는 것들

마음속에 '제주 이민'이라는 단어를 품은 이후로 나는 현실적인 고민
에 빠지기 시작했다. 따지고 보면 사소하지만 이런 것이 모이고 모여
삶의 한 부분을 차지하고 행복지수에 영향을 주는 요소가 될 수도 있
다는 생각에서였다.

일단 가장 큰 문제는 돈이었다. 나는 전형적인 흙수저 집단에 속해
있는 대한민국의 서민이다(안타깝지만 이 사실은 지금도 변함이 없고, 앞으
로도 큰 이변이 없는 한 쉽사리 달라질 것 같지 않다). 그나마 나는 전문직에
종사하는 덕에 일반 회사에 다니는 친구에 비하면 조금 많은 월급을
받았지만, 문화생활을 열심히 즐긴 탓에 통장잔고는 그리 넉넉하지
않았다.

'결혼은 환상이 아니라 현실'이라는 말을 많이들 한다. 제주 이민
도 마찬가지다. 삶의 터전을 옮기는 일은 '일상과 여행의 차이'를 분
명하게 인식하는 데에서부터 시작해야 한다. 여행에서는 깔끔하게
청소가 된 숙소에 머물며 밥도 전부 사 먹고, 빨래할 필요도 없다. 여
기까지만 해도 벌써 일상의 가장 큰 일거리인 '가사노동'이 빠진다.
사는 곳이 어디든 먹고 살려면 필연적으로 살림살이가 필요하고, 집

에서 부지런히 가사노동도 해야 한다. 그러려면 먼저 집이 있어야 하고, 꾸준한 수입도 있어야 한다.

그동안 제주 이민으로 화제가 된 사람들을 보면 전업예술가나 연예인, 또는 퇴직 후 자금으로 게스트하우스나 카페를 운영하는 사람이 대부분이다. 나는 그들과 전혀 다르다. 연예인처럼 유명세가 있는 것도 아니고, 전업예술가도 아니며, 사업은 근처에 가본 적도 없고, 수중에는 구멍가게를 차릴 만한 돈도 없다. 그러니까 나는 너무 평범한 서른이어서, 그동안 매스컴에 나온 사람들과는 다른 방법을 찾아야만 했다.

핑크빛 환상에 빠져 현실도피하듯 제주로 가면 결코 안 된다는 생각이 있었다. 그렇게 되지 않으려면 준비과정에서부터 철저하게 현실적이어야 했기 때문에, 나는 그동안 막연하게 꿈만 꾸던 제주 이민을 현실적으로 생각해보기 시작했다. 집은 어떻게 구한다고 해도, 가장 큰 걸림돌은 직장이었다. 제주 바다가 아무리 아름답다 한들, 손가락 빨면서 행복할 수는 없으니 이 문제부터 해결해야 안심이 될 것 같았다.

처음엔 제주도에 내려가서도 방송 작가를 계속 해볼까 고민했지만 서울의 방송가와 지방방송은 제작 환경에서부터 큰 차이가 있어 구미가 당기지 않았다. 그래서 제주도에는 어떤 일자리가 많은지 알아봤는데, 역시 관광지 특성상 서비스업이 대다수였다. 여행사, 관광

가이드, 카페나 게스트하우스 스태프 같은 일이 많았다. 한 번도 접해보지 못한 일을 무턱대고 제주까지 내려가서 할 수도 없는 노릇이고……. 나이 서른에 할 줄 아는 건 방송 작가 일뿐인데, 어떤 분야라도 초보라면 누가 일을 시켜줄 것 같지도 않았다. 여행사나 관광가이드는 중국어나 영어를 잘해야 하는데 하루아침에 될 일이 아니고, 게스트하우스 스태프는 독립적인 생활을 하기 쉽지 않아 별로 내키지 않았다. 내가 게스트하우스를 운영하는 게 아닌 이상 그곳에서 스태프로 일하는 시간이 아까울 것 같았다.

그래서 고심 끝에 본업의 비중을 줄이고 스타벅스 알바를 시작했다. 이왕 경험 쌓기를 한다면 개인이 운영하는 곳보다 세계적인 브랜드를 가진 카페에서 일하는 편이 일을 체계적으로 배울 수 있고, 경력으로도 인정받기 쉽겠다는 생각에서였다. 마음을 굳히고 바로 이력서를 접수했더니, 운 좋게도 집과 가까운 매장에서 연락이 왔다. 이때부터 나는 방송 작가와 스타벅스 바리스타로 이중생활을 시작했다.

#제주행의 설렘, 탈서울의 불안

방송 작가와 스타벅스 바리스타로 이중생활을 하면서 바쁜 시간을 보냈다. 스타벅스는 파트타임 근무자에게도 상당히 많은 교육을 시키는 곳인데, 커피를 좋아하는 나로서는 그런 일을 배우는 게 재미있어서 계속해보고 싶은 마음도 생겼다. 처음에는 스타벅스에서 일만 배우고 제주도에 내려가면 따로 카페 일자리를 알아볼 생각이었다.

그런데 그 무렵부터 제주도에 스타벅스 매장이 계속해서 론칭되고 있었다. 내부 공고를 통해 지원서를 받아 제주 지역의 인력을 충원하는 시스템이었다. 들리는 소문으로는 경쟁률이 엄청나게 높아 떨어진 사람이 많다고 했다. 실제로 내 주변에서도 '누가 지원했는데 안 됐다더라' 하는 식의 얘기가 돌았다. 그런데 어떤 기준으로 선정하는지도 알 수 없었고, 심지어 공고가 자주 나지도 않았다. 어차피 나는 스타벅스에서 어느 정도의 경력을 쌓아야 했고, 내부 공고도 최소한의 지원 자격을 채워야 신청할 수 있었기 때문에 시간은 자연스럽게 흘러갔다.

몇 개월 뒤, 지원서를 접수하고 기다리다 인사담당자와 전화 인터뷰를 했다. 어쩐지 느낌이 좋았다. 그리고 얼마 지나지 않아 제주도에 있는 매장으로 발령이 난다는 연락을 받았다. 드디어 그토록 염원하던 제주 생활이 시작된다고 생각하니 온 몸의 세포가 춤을 추는 것처럼 떨리고 흥분되었다.

이렇게 제주행이 확정되기 전까지, 나는 지인들에게 스타벅스 일을 언급조차 하지 않고 있었다. 친구는 물론이고 가족 중에서도 유일하게 동생에게만 얘기하고 비밀유지를 당부했다. 다들 뜯어말릴 거라고 예상했기 때문이다. 어차피 제주 이민을 결심한 이상, 누가 붙잡는다고 내 선택이 달라지지도 않을뿐더러 괜히 마음을 복잡하게 하고 싶지 않아서였다.

제주행을 두 달여 앞두고서야 친구들에게 고백했다.

"나 제주에 살러 가."

앞뒤 없이 툭 던지듯 쉽게 말했지만, 친구들은 갑작스러운 이별 통보라도 받은 사람처럼 이해할 수 없다는 반응 일색이었다. 다들 내게 묻는 질문도 비슷비슷했다.

"갑자기 왜?"

"거기 아는 사람이라도 있어?"

"방송은? 그만두고?"

"거기 가서 뭐 해먹고 살 거야?"

"그럼 집은?"

친구들의 끝없는 질문공세는 당연했다. 미리 말하지 않은 게 미안해 나는 최대한 편안하고 차분하게 대답했다. 예전부터 제주도에서 살아보고 싶다는 말을 입버릇처럼 자주 했기 때문인지 언제가 될 진 몰라도 제주도에 갈 것 같았다며 이해해주는 친구도 있었지만, 그런 친구도 풀리지 않는 의문을 가지고 있는 건 똑같았다. 친구들은 그동안 제주에 가려고 스타벅스 알바를 했다는 사실에 한 번 놀라고, 방송 작가를 그만둔다는 얘기에 또 놀랐다. 그럴 만도 했다. 어릴 적부터 내 꿈은 항상 방송 작가였고, 운 좋게도 대학을 졸업하자마자 방송 작가를 시작해 정말 즐기면서 일했기 때문이다. 같은 일을 하는 친구에게도 "너는 방송 작가가 천직인 것 같다"는 말을 자주 듣곤 했다. 그런 내가 방송 일을 그만둔다니, 쇼킹한 뉴스일 만하다.

그동안 한 게 아깝지 않냐, 아쉽지 않냐는 말이 돌아왔다. 솔직히 아쉬운 마음이 든 것도 사실이다. 힘들긴 하지만 즐기면서 재미있게 해온 일이고, 보수에서도 큰 차이가 나니까 말이다. 별다른 꿈 없이 일반 회사에 다니던 친구들은 꿈꾸던 일을 하면서 성취감을 느끼며 신나게 사는 나를 부러워하기도 했다. 한때는 주변의 그런 시선을 즐기는 것도 내 직업에 대한 만족도를 높여준 것 같다.

하지만 그게 다 무슨 소용일까? 나는 이미 제주에 가기로 마음먹었는데. 양자택일을 해야 한다면 내가 아직 경험해보지 못한 쪽에 걸어보고 싶었다. 익숙한 도시를 떠나, 저 아름답고 낯선 곳에서 여행하듯 살아보는 게 그 당시 내가 품은 꿈이고 소원이었다.

당장 손에 쥔 것, 자연스럽게 누리던 것을 전부 버리기란 분명 힘든 선택이다. 아는 사람 하나 없이 아무런 연고도 없는 곳에서 낯선 사람과 일하며 돈도 적게 벌고 외롭게 살아야 한다면 기쁜 마음으로 가겠다고 할 사람이 몇이나 될까? 그런데 나는 원래부터 하고 싶은 게 있으면 물불 가리지 않고 사서 고생을 하는 성격이다. 한순간의 망설임 때문에 하고 싶은 제주 이민을 미룬다면 2년, 3년이 흘러서도 '아, 제주도에서 한 번 살아보고 싶다'는 생각이 불쑥불쑥 머릿속에 찾아들 게 분명했다. 비록 나중에 후회하더라도 내가 하고 싶은 대로 한다면 누구를 원망할 일도 없고, 최소한 미련이 남지는 않으니까.

어차피 포기해야 한다면, 미련까지 버려야 한다.

그렇지만 서울을 떠나려니 생각보다 많은 것을 포기해야 했다. 표면적으로는 '돈'과 '친구'가 그랬고, 눈에 띄지 않지만 당연하게 이용하던 생활편의 시스템과 각종 문화생활도 포기해야 하는 것 중 하나였다. 특히 좋아하는 가수의 콘서트를 보려면 왕복 비행기 티켓과 시간까지 두 배로 빼야 하니, 새해 카운트다운을 알리는 연말 콘서트는 엄두도 내기 힘든 일이 되어버렸다.

시쳇말로 뼛속까지 서울 사람인 내가 과연 얼마나 오랫동안 제주 생활을 지속할 수 있을지 의문을 제기하는 사람들이 많았다. 어떤 후배는 내가 외로움을 참지 못하고 3개월 만에 올라올 게 분명하다며 장담하듯 말했고, 그 옆에 있던 친구는 "아니야, 그래도 내 생각엔 6

개월 정도는 있다 올 거 같은데?"라고 말하며 내가 1년도 버티지 못하고 다시 올라온다는 데에 한 표를 던졌다. 그런 말을 웃어넘기면서도 한편으로는 불안이 엄습했다. '이렇게 소중하고 끈끈한 사람들을 두고 혼자 제주에 내려가서 살면 어떤 느낌일까? 정말 외롭지 않을까?' 하는 의구심이 마음속의 틈을 비집고 들어왔다. 그래서 오히려 더 크고 또렷하게 말하고 다녔다.

"괜찮아! 외국도 아니고 말도 다 통하는데. 거기 가서 친구 사귀면 되지 뭐가 문제야? 정 보고 싶으면 가끔 놀러 올게."

이렇게 나는 내가 뱉은 말을 다시 주워들으면서 내 결심을 굳히고, 미련과 불안을 떨쳐버렸다.

#집 없는 설움

서울 생활을 청산하고 제주로 오면서 가지고 온 짐이라고는 달랑 기내용 트렁크 하나뿐이다. 서울에서도 자취를 오래 했기 때문에 짐이 꽤 많았지만 다행히 미혼 동생이 있어 살림살이를 다 주고 왔다. 취미로 가끔씩 치던 야마하 디지털피아노가 눈에 밟히긴 했지만, 중고로 팔아버리기보다는 동생한테 주는 게 여러모로 좋겠다는 생각이 들었다.

가장 곤란한 물건은 책이었는데, 서울에서도 이사를 할 때마다 책 때문에 힘들던 기억이 번뜩 났다. 책처럼 가져갈 엄두도 나지 않고 버릴 수도 없는 물건은 또 있었다. 이를테면 졸업앨범이나 노트같이 개인적인 물건. 이 많은 걸 제주까지 전부 싸들고 내려가자니 당장 필요한 물건도 아닌데 너무 무겁고 자리만 차지할 것 같았다. 그래서 디지털피아노를 비롯해 각종 가전제품과 살림살이, 책을 모두 동생에게 양도(?)하고, 그 대신 당장 가져가지 못하는 짐을 맡아달라고 했다.

만약 동생이 없었다면 가전제품은 중고매장에 팔고, 자잘한 살림살이는 버리거나 자취하는 친구에게 주는 방법을 선택하지 않았을까? 아주 고가의 물건이 많다면 또 모르겠지만, 자취생에게 그렇게 비싼 물건이 있을 리 만무하다. 제주도로 이사하는 업체가 있기는 하지만 기본 단가부터 다르기 때문에 어지간한 물건이라면 화물택배로 보내거나 우체국 택배를 이용하는 게 경비를 절약하는 방법이다.

그런데 나는 서울에서 계속 일하느라 집도 구하지 못한 채 내려와 버렸다. 서울에서 제주로 발령이 나면서 말미가 전혀 없이 일하게 된 탓이다. 이사는커녕 당장 몸을 위탁할 곳을 찾기에도 정신이 없었다.

그래도 다행히 관광 비수기인 겨울철이라 숙박업체는 여유가 있었다. 제주에 내려오기 며칠 전에 급하게 예약한 숙소는 서귀포에 있는 한 게스트하우스였다. 하루에 2만 5천 원. 네 명이 함께 사용하는 방에 샤워실과 화장대, 개인 사물함이 있었다. 비교적 깔끔하게 되어 있어서 며칠 동안 묵었는데 비수기라 그랬는지 한 번도 네 명이 가득 차는 걸 보지 못했다. 그래서 집을 구할 때까지 머물려고 주인장에게 문의했더니, 다음 주부터는 단체 예약이 있어서 어렵다고 했다. 어쩔 수 없이 임시숙소를 옮겨야 했다. 다행히 서귀포 시내권에 게스트하우스가 많이 있어 다른 숙소를 구하는 게 별로 어렵지는 않았다. 다만, 여행용 트렁크를 끌고 새로운 숙소까지 가는 동안 내 몸을 휘어 감듯 거칠게 몰아치던 찬바람이 매몰차게 느껴졌다.

새로 구한 숙소는 서귀포 시내 중심부라고 할 수 있는 시장 안에 있어서 집을 알아보러 다니거나 현지 정보를 얻기에 좋아 보였다. 나름 오랜 역사가 있는 게스트하우스로, 오래된 만큼 인테리어나 시설이 좋지는 않았지만 가격이 5천 원 저렴하고 방이 여러 개 있어서 집을 구할 때까지 장기간 지낼 수 있었다. 이렇게 한 달 정도 게스트하우스를 임시숙소로 사용하는 데 숙박비만 60만 원 정도 들었다. 요즘 같으면 그냥 한 달 살기 숙소를 구하겠지만, 그땐 그런 것도 흔하지 않았다.

그 당시 나에게 가장 필요한 건 무엇이었을까? '의식주'로 구분해서 말하자면 옷은 들고 간 가방에 있는 것으로도 충분했고, 밥은 매끼를 사 먹는다고 해도 입에 맞지 않는 외국음식이 아니라 큰 문제가 아니었다. 그런데 집은 차원이 달랐다.

보통 파트타임 근무는 오전 오후 근무자가 따로 나뉘어 있는 경우가 많지만 스타벅스는 매주 스케줄이 바뀌는 시스템이다. 그러니 당연히 내가 일하는 시간도 정해져 있지 않다. 어떤 날은 아침 일찍 가서 낮에 퇴근하고, 또 어떤 날은 오후에 가서 밤에 퇴근한다.

문제는 마감 근무날이 주말인 경우다. 비수기라 평일에는 4인실을 거의 혼자 쓰다시피 할 정도로 투숙객이 없었지만 주말에는 사정이 달랐다. 내가 일을 마치고 돌아가는 시간이면 같은 방에 있는 사람들 모두 불을 끄고 누워 있었다. 갈아입을 옷을 챙기고 샤워를 하자니 나 때문에 시끄러워서 다들 잠이 깰 것 같았다. 하는 수 없이 샤워는 포기하고, 조심스럽게 세수와 양치질만 하고 잠자리에 들었다.

이튿날에도 같은 시간에 끝났는데, 전날과 똑같은 상황일 것 같아 신경이 쓰였다. 제대로 씻지 못하는 데서 오는 불편을 겪기도 싫었지만, 모르는 사람에게 피해를 주는 것 같아 미안한 마음이 드는 게 더 싫었다. 그래서 일하던 곳의 개수대에서 대충 세수를 했는데, 옆에 있는 직원이 그런 나를 보더니 물었다.

"왜 여기에서 세수를 해요?"

제주도가 고향인 그녀는 의아하다는 듯 동그란 눈을 크게 뜨고 나를 쳐다보았다. 그 순간, '아차' 하는 생각이 들면서 내 행동이 이상하게 보일 수도 있겠구나 싶었다.

"아……. 아직 집을 못 구해서 게스트하우스에 있는데 지금 이 시간에 들어가면 다들 자고 있거든요. 제가 가서 씻으면 사람들이 깨잖아요. 그래서."

다행히 그녀는 내 말뜻을 금방 이해해줬다. 그런데 그 뒤에 따라붙은 말이 내 마음을 툭 건드렸다.

"아이고……. 불편하겠다. 어떡해…….'

별 거 아닌 몇 마디 말에 눈물이 왈칵 쏟아졌다. 그토록 원하던 제주에 왔는데 집을 구하지 못해 이러고 있어야 한다는 게 서러웠다. 마치 만화 속의 '캔디'가 "울면 안 돼"를 외치며 꾹꾹 참고 있는데 누군가 다가와서 "괜찮니? 힘들었겠다" 하며 따뜻하게 안아주는 기분이었다.

이제와 생각해보니, 제주에 내려와서 집도 절도 없이 공중에 붕 뜬

상태로 일하고 집을 구하러 다니던 나날은 차디찬 겨울바람만큼이나 쓰라리고 외로운 시간이었다. 단 한 번밖에 울지 않은 내가 대견스러울 정도로.

나는 이 일을 계기로 집이 가지는 의미를 절절하게 느꼈다. 집은 단순히 잠만 자는 물리적인 휴식 공간만이 아니라, 타인과 나를 분리하고 정신적인 안정을 찾는 '마음의 공간'이기도 하다. 그래서 사람들은 함께 사는 가족 사이에서도 '자기만의 방'을 고집하는지도 모른다.

어쨌든 나는 그동안 한 번도 겪어보지 못한 '집 없는 설움'을 리얼하게 체험한 것을 계기로, 더 간절하고 부지런하게 집을 구하기 시작했다.

#제주에서 집 구하기

제주도에 내려와서 집을 구하기까지 정신적으로 많이 힘들었다. 그래서 최대한 빨리 집을 구해 안정을 찾고 싶었지만, 제주에서 집 구하기는 대도시에서보다 훨씬 복잡하고 힘든 일이다. 물론 서울에서도 마찬가지긴 하지만, 집을 구하고자 할 때는 보통 중요하게 생각하는 조건이 있기 마련이고, 이를 모두 충족하는 집을 얻기는 정말 불가능에 가까운 일이기 때문이다. 돈이 많다면야 애초에 이런 고생을 할 필요도 없이 마음에 드는 집을 짓거나 사면 되겠지만, 흙수저인 30대 초반의 내게 이런 생각은 허황된 꿈일 뿐이었다. 그래서 내 나름대로 최대한 현실적으로 생각해서 불가능하다 싶은 조건은 배제했다.

우선 내가 원하는 집의 조건은 이랬다.

첫 번째, 혼자 살지만 방 두 개 있는 집.

두 번째, 바다에서 가까운 집(걸어갈 수 있는 정도라면 OK).

세 번째, 층간소음이 없는 집.

이밖에 부수적으로 체크할 사항으로는 보일러가 가스인지 기름인지 여부, 마당의 유무 정도였다. 집을 알아볼 때는 부동산에 찾아가 느냐? 그건 집 '매매'일 때 얘기고, 집을 '임대'하려면 부동산보다는 오일장신문을 먼저 뒤져야 한다. 이 오일장신문은 지역별로 서귀포 오일장신문과 제주시 오일장신문 두 종류로 발행되는데, 신문이 배포되기 전날부터 홈페이지에서 볼 수 있다.

서울은 인터넷 직거래나 어플 이용이 활발하고, 부동산에 가도 집을 구하는 데 별 어려움이 없지만, 제주도는 토지나 아파트 매매 같은 '큰 거래'가 아니면 대부분 오일장신문을 통해 계약이 이루어진다.

또 이런 신문에도 내지 않고 집 앞에 '임대문의 010-XXXX-XXXX' 정도만 적어놓는 경우도 많다. 그러니까 직접 발로 뛰지 않으면 '나온 집'을 발견하지 못해 진짜 좋은 집을 놓치는 상황도 생긴다.

나는 일단 오일장신문을 보면서 조건이 맞는 방 두 개짜리 집을 다 보러 다녔다. 그런데 집이 어찌나 초스피드로 나가는지, 아침 여덟 시에 전화해서 택시를 타고 집을 보러 갔더니 '방금 전에' 집이 나갔다고 하질 않나, 내가 집을 둘러보며 고민하는 동안 바로 뒤에 온 사람이 당장 그 자리에서 계약하겠다고 말하는 바람에 코앞에서 괜찮은 집을 놓치기도 했다.

그런데 내가 집을 빨리 구하지 못한 데는 그만한 이유가 있었다. 막상 집을 보러 가면 선뜻 계약할 만큼 마음에 드는 집이 없었기 때문이다. 제주 물정을 잘 모르는 내 입장에서는 이것저것 걸리는 게 너무 많아서 고민하고 타협할 마음조차 안 생기는 집도 태반이었다.

'방 2개, 거실 겸 부엌'이라고 하면 흔히 떠올리는 서울 집의 이미지가 있다. 그런데 직접 가보면 예상과 전혀 다른 집을 보게 된다. 무엇을 상상하든 정말 180도 다르고, 황망하기까지 한 집도 목격한 적이 있다. 이런저런 일들이 수차례 반복되면서 점점 집을 보러 다닐 맛이 나지 않았다. 그렇다고 언제까지나 어정쩡한 상태로 집도 절도 없이 지낼 수는 없었기 때문에 마음이 급했다. 집을 구하는 기간이 길어지다 보니 안 빠지는 집이 계속해서 다음 신문에 나왔는데 예전에 본

집인 줄 모르고 다시 전화하는 경우가 간혹 있었다. 그래서 서귀포 시
내권에 있는 집 중 몇 군데는 집 위치를 기억하려고 사진을 찍어두었
다.

한 집은 천지연 폭포에서 가깝고, 방 두 개에 가스보일러까지 있었
다. 게다가 2층 집도 아니어서 층간소음도 없을 것 같아 마음에 들었
다. 근데 세입자가 출장 중이어서 집주인 얼굴만 보고 정작 집 내부는
보지도 못했다. 게다가 마당 안에 들어가서 건물을 자세히 살펴봤더
니 한 대문 안에 집이 세 채였다. 맙소사! 집끼리 가까이 붙어 있어 음

악도 크게 못 들을 것 같고, 옆집에는 어떤 아저씨가 혼자 산다고 하는데 그게 그렇게 신경 쓰일 수 없었다. 어쩌면 괜한 노파심과 불안, 쓸데없는 걱정일 수도 있겠지만 서울에서 도어록 설치한 집에 살다가 대문을 활짝 열어놓고 다니는 '마당 공유' 형태의 집을 받아들인다는 건 쉬운 일이 아니었다. 집 내부를 봤다면 마음에 들었을지도 모르지만, 집 안도 못 보고 이런 조건의 집을 덜컥 계약할 수는 없는 노릇이었다.

주택의 2층이 나와서 보러 간 적도 있는데, 지금 와서 생각해보니 정말 아까운 집이다. 그때 계약을 안 한 건 정말 이상한 이유에서였다. 집을 보러 갔더니 2층에 초등학생으로 보이는 아이가 울고 있었는데 부모가 보이질 않았다. 문간에 서서 울고 있는 아이에게 차마 "집 좀 볼게" 하고 들어가서 자세히 살펴볼 수 없었다. 우는 아이를 달랠 만한 재주도 없어서, 괜스레 미안한 마음이 들어 재빨리 자리를 피해버렸다.

한라산이 훤히 보이던 동홍동의 2층 집도 인상적이었다. 그런데 동홍동 자체가 서귀포 시내권에서는 조금 외곽지역이라 편의점도 한참 나가야 하고 동네에 가로등도 별로 없어 외진 느낌이 많이 들었다. 게다가 내가 원하는 조건은 바다에서 가까운 집인데 동홍동은 바다까지 걸어 다닐만한 거리가 아닌 것 같았다.

아무튼 이래저래 집을 보러 다닐수록 걸리는 게 한두 가지가 아니

었고, 근심은 점점 깊어졌다.

어쩌면 원룸이나 빌라, 아파트 같은 주거 형태가 더 깔끔하고 혼자 살기에도 더 편할지 모른다. 이런 이유로 아파트에서 사는 제주도민이 많지만, 나로서는 제주도까지 와 답답한 원룸이나 오피스텔에서 층간소음에 시달리고 싶지 않은 마음이 컸다. 애초에 이런 집을 배제하고 구하다 보니 결국엔 '좀 허름하더라도 단독주택이 낫겠다'는 결론이 났다.

제주도 오일장신문에서는 집 광고가 이렇게 나온다. '독채, 방 2, 거실…….' 하지만 집을 보러 가면 다 쓰러져 가는 시골집인 경우가 많다. 그럴 때마다 한숨이 절로 나왔다. 요즘은 고쳐 살기 열풍 때문에 이런 집도 매매시장에 나오면 몇 억씩에 거래된다.

집을 구하는 동안 겪은 재미있는 에피소드도 많다. 특히 '그날'의 일화가 기억에 남는다. 집 근처에 가서 전화했더니 수화기 너머 할머니께서 목소리를 높이시며 굉장히 반겨주는 느낌이 들었다. 그래서 기분 좋게 집을 다 둘러보고 슬슬 돌아가려 하는데, 시간 괜찮으면 앉아서 감자라도 좀 먹고 가라는 게 아닌가! 두어 번 사양하다 결국 마주 앉아 감자를 먹고 있었더니만, 은근히 내 신상정보를 물어보기 시작하셨다. 이쯤 되면 짐작했어야 했는데, 그때까지만 해도 할머니에게 어떤 의도가 있는지 전혀 파악하지 못하고 있었다.

할머니께서 하신 질문은 대충 이랬다. 육지에서 온 거냐, 결혼은 했냐, 나이가 몇 살이냐, 형제는 몇 명이냐……. '집 보러 온 사람한테 참 별 걸 다 물어본다' 싶었지만 어른들은 으레 그러려니 하고 있었다. 그러나 잠시 후 할머니는 문갑 서랍 안쪽에서 사진 몇 장을 꺼내 보여주셨다. "이 놈은 첫째고, 얘는 둘째, 셋째, 막내……." 그러면서 천천히 잘 보라며 장가 못 간 자식의 직업과 연봉, 집안에 땅이 몇 평 있고 농장도 어디 어디에 있으니 먹고살 걱정은 안 해도 된다고 친절한 설명까지 덧붙이셨다. 서울에서는 상상도 못할 일이다. 집 보러 온 처자에게 아들 사진을 보여주시다니. 오죽하면 이러실까 싶어 안타

깎기도 했다. 또 한편으로는 낯선 사람에게 그 어떤 경계심이나 의심도 없이 순수하게 대하시는 모습에 너무 놀라웠고 감사했다.

집을 구하기까지 근 한 달이 걸렸다. 집을 여러 군데 보러 다녔으니 발품도 충분히 팔았고, 제주의 집이 어떤지도 파악할 수 있었다는 점에서 헛되이 보낸 시간은 아니었다. 그렇지만 막판에 신구간(제주도 세시풍속 중 음력 정월 초순경을 전후하여 집안의 신들이 천상으로 올라가 비어 있는 기간. 이 기간에는 이사나 집수리 등 여러 가지 금지된 일을 마음대로 할수 있다)이 끝나가고 시간적 여유도 없던 나는 다급한 마음에 단독주택 몇 군데를 대충 살펴보고 뭔가에 홀리기라도 한 사람처럼 덜컥 계약을 해버리고 말았다.

나는 앞으로 이 집에서 어떤 일이 펼쳐질지 상상조차 하지 못한 채, '드디어 집을 구했다'는 안도감과 성취감에 도취되어 한껏 들뜬 마음으로 달콤한 꿈을 꾸었다.

#엄마, 나 제주도로 이사 왔어

"여보세요?"

"어, 지은이니? 웬일이야, 전화를 다 하고."

"응. 엄마, 나 제주도로 이사 왔어." 나는 옆집 강아지 얘기처럼 대수롭지 않은 일을 전하듯 말을 뱉었다.

"뭐? 제주도? 그게 무슨 소리야? 네가 어떻게 거기로 이사를 가. 말이 되는 소릴 해야지."

수화기 너머에 있는 엄마의 목소리 톤이 한 단계 높아졌지만 진담으로 받아들이는 것 같진 않았다.

"아니~, 제주도에 살러 왔다고."

"애가 뜬금없이 무슨 소리야? 네가 거긴 왜?"

"그냥 한 번 살아보고 싶어서 왔어."

"여행이 아니라 아주 살러 갔다고? 그게 무슨 말이야. 하던 일은 어쩌고?"

"그만두고 왔지."

"여자애가 혼자서 겁도 없이 거기가 어디라고 가니? 어떻게 한마디 상의도 없이…….결혼해서 가는 거면 또 모르겠다마는 대체 무슨 생각으로 사는지 이해할 수가 없다 정말."

통화가 길어지자 으레 예상한 잔소리가 시작됐지만, 응수해봐야 도돌이표처럼 같은 말만 반복할 게 뻔했다.

"아무튼, 여기 온 지 한 달 정도 됐는데 너무 좋아. 시간 있을 때 놀러 오라고."

"얘, 근데 어떻게 너 혼자 그 먼 데까지 갈 생각을 다 했니 그래? 무슨 일 있는 건 아니지?"

"제주도가 어디 외국도 아니고 비행기 타면 한 시간인데 뭐가 멀다고 그래. 아무 일도 없으니까 걱정하지 마."

"아이고……. 정말 내 배로 낳은 딸년이지만 어떻게 그렇게 다르니? 아무튼 위험하게 밤늦게 돌아다니지 말고."

"알았어, 걱정하지 마."

"그래, 밥 잘 챙겨 먹고 나중에 또 전화해라."

제주에 와서 '집 구하기'라는 큰 고비를 넘기까지 꼬박 한 달이 걸렸다. 그러고 나서 내가 가장 먼저 한 일은 엄마에게 전화 걸기였다. 서울에서도 부모님과는 떨어져 자취를 했고, 나의 제주 이민 계획은 철저하게 비밀리에 진행되었기 때문이다. 이유는 간단하다. 미리 얘기했다가 부모님의 강한 반대에 부딪쳐 발목이라도 붙잡힐까 조심스러웠다. 서른 살도 넘은 딸내미가 결혼도 안 하고 혼자서 제주에 내려가 살겠다는데 어느 부모가 박수 치며 보내줄 수 있을까? 어려서

부터 어지간한 일에는 '네 인생, 네가 알아서 해라'를 가훈처럼 여기던 부모님이지만 결혼은 또 다른 문제다. 실제로 내 주변의 결혼 안한 친구들은 하루가 멀다 하고 "시집가라"는 잔소리에 시달리고 있었기 때문에, 우리 부모님이라고 방심할 수는 없는 노릇이었다.

이때는 제주에서 살고 싶은 욕망이 활활 타오르던 때라 부모님에게는 제주에 집을 구하기 전까지 비밀을 유지할 수밖에 없었다. 서울에서 부모님을 설득하기보다 제주에 내려와서 이미 벌어진 상황을 그냥 받아들이게 하는 방법을 택한 것이다. 드라마 〈육룡이 나르샤〉에서 이방원이 안변책을 통과시키려고 이성계의 인장을 몰래 찍은 것과 비슷한 행동이라고 볼 수 있다. 그렇게 해서 '어쩔 수 없는 상황'으로 만들어버리는 게 내 전략이었다.

이것만 봐도 나는 하고 싶은 일이 있으면 수단 방법 가리지 않고 덤비는 행동파다. 이전에도 내 성격을 자각하고 있긴 했지만, 제주 이민을 마음먹고 '결행'하기까지 내게 망설임은 거의 없었다. 오히려 예상치 못한 문제가 생겨 못 가게 될까 봐 걱정했다. 이런 내가 정말 좋아하는 말이 있다.

갈까 말까 고민될 때는 가고,
살까 말까 고민될 때는 사지 마라.

이 멋진 말은 누가 처음 했을까? 만약 내가 이 말을 몰랐다면 용기를 내지 못했을지도 모른다. 제주도가 내 마음을 사로잡았고, 이 문장이 나를 제주도로 이끌었다. 어차피 선택은 내 몫이지만, 나 역시 걱정 많고 나약한 보통 사람일 뿐이라 내 선택으로 생긴 '변화와 불안'을 '희망과 확신'으로 바꾸어 줄 연료가 필요했다. 그게 단 한 줄의 문장이었고, 나는 그날의 선택을 후회하지 않는다. 그리고 지금 오롯이 행복하다.

#바다에서 가까운 집

단독주택, 방 두 개, 욕실, 거실 겸 부엌, 감나무가 있는 마당.

서귀포항, 천지연폭포까지 걸어서 10분.

서귀포 (구)시외버스터미널까지 걸어서 5분.

내가 제주에서 처음 구하던 집 조건에 '그럭저럭 잘 맞는' 집이었
다. 바다를 보고 싶을 때면 언제든 부담 없이 산책 가는 마음으로 다
녀올 수 있으면서도 서귀포 시내권이라 대중교통을 이용하기 편했
다. 단독주택이라 층간소음에서 해방되었고, 음악을 크게 틀어도 괜
찮은 집이었다. 서울에서 한 번도 단독주택에 살아본 적 없는 내게는
작은 마당과 감나무가 있다는 것마저 매력적으로 보였다.

그런데 가장 큰 반전은 눈에 띄지 않는 곳에 숨어 있었다. 집을 보
러 갔을 때는 전에 살던 사람들의 가구와 짐 때문에 몰랐는데, 그들이
이사 나간 후에 간단한 청소를 하려고 가봤더니 정말로 "헉" 소리와
한숨이 번갈아서 나올 정도로 집 상태가 심각한 수준이었다. 환기를
전혀 안 하고 산 모양인지 벽에는 상당히 많은 곰팡이가 있었고, 벽지
가 흠뻑 젖어서 허물 벗겨지듯이 떨어지기도 했다.

'맙소사, 내가 큰 실수를 했구나. 이런 집인 줄도 모르고 계약했다니……'

청소만으로는 도저히 답이 나오지 않을 수준이라 바로 집주인에게 전화를 걸었다. 집 상태를 설명했더니 주인은 전 세입자 흉을 보면서도 도배는 새로 해줄테니 장판은 그냥 쓰라고 했다. 전화를 끊고 살펴보니 이 사람들 대체 몇 년이나 청소를 안 했을까 싶을 정도로 집 곳곳이 더러웠다. 심지어는 거미줄도 있었고, 방 안쪽에는 흙먼지가 그대로 굴러다녔다. 게다가 작은 창고 안에는 크고 작은 벌레 시체와 담배꽁초까지 있었다. 놀람과 경악으로 시작했는데, 이젠 너무 황당해서 웃음이 나왔다. 분명 내가 이 집을 보러 갔을 때는 '한 가족'이 잠을 자고 있었다. 그래서 구석구석 들추어보는 건 결례 같아 꼼꼼하게 살펴보지 못하고 한 가족이 산다는 이유로 기본적인 청소만 하면 되겠거니 지레짐작해버린 게 큰 실수였다.

더러운 건 청소하면 된다지만, 태어나서 눈 뜨고 산 이후로 이렇게 많은 곰팡이는 처음 마주한지라 당황스럽고 이상한 공포심마저 들었다. 벽지를 새로 한다고 될 일이 아니었다. 이미 벽지는 여러 겹 덧대어 발라져 있었다. 제대로 시공한다면 오염된 벽지를 전부 떼어내고 곰팡이를 제거한 후에 초배부터 다시 해야 하는데, 그렇게 해줄 리 만무했다. 나는 다시 집주인에게 연락해 도배를 취소하고 대신 내가 이 집에 무엇을 어떻게 하든 뭐라고 하지 않겠다는 약속을 받았다.

내가 보기 전에 이미 도배를 새로 했다면 모르고 넘어갔을 일이지만, 나는 이미 다 봐버렸다. 곰팡이가 핀 벽지 위에 또 벽지를 덧바른다는 건 '눈 가리고 아웅'이다. 숨 쉴 때마다 곰팡이 균이 내 기도를 파고들 것만 같아 께름칙했다. 빼도 박도 할 수 없는 상황에서 또다시 '무대뽀' 정신이 발동했다. 그냥 나 혼자라도 이 넓은 집을 '고쳐' 살기로 한 것이다.

#자발적 '생고생' 미션, 셀프 인테리어

내가 집을 잘못 구했다는 걸 인지한 순간 '아차' 싶었지만, 이미 연세를 다 입금해 돌이킬 수 없는 상황이었다. 어쩔 수 없는 상황에 몰렸으니 '스스로 극복'해야만 했다. 이대로는 도저히 살 수가 없고, 그렇다고 내 집도 아닌데 인부까지 써가며 거창하게 리모델링을 할 수도 없는 노릇이다. 그래서 나는 '어쩔 수 없이' 셀프 인테리어를 하기로 마음먹고 집주인의 허락을 받았다.

이때까지만 해도 나는 셀프 인테리어를 '만만하게' 여기고 있었다. 특히 싱글족의 셀프 인테리어는 심심치 않게 찾아볼 수 있고, 어디까지나 '타인의 경험'이었기에 사진으로 봐서는 별로 힘든 일처럼 느껴지지 않았다.

그런데 막상 해보니 이건 말이 좋아 셀프 인테리어지, 실상은 자발적 '생고생' 미션이나 다름없었다. 이제는 다 지난 일이고 다른 집에 살고 있지만, 내가 얼마나 고생했는지 생각하면 지금도 자다 깨서 하이 킥을 날릴 정도로 화가 솟구친다. 그리고 깨달았다. 바다가 가까운 집일수록 강력한 습기가 집안을 집어삼키므로 제습기가 필수고, 환기 때문에 한겨울에도 창문을 자주 열어두어야 한다는 것을 말이다.

경험만큼 좋은 스승도 없다지만, 내가 얼마나 혹독한 과정을 겪으며 '멀쩡한 집'의 소중함을 느꼈는지 생각해보면 제주에서 집을 구할 때 최우선 조건으로 어떤 항목을 넣어야 하는지 알 수 있겠다.

남향인 작은 방에는 창문에까지 시트지가 붙어 있었다. 해가 잘 들어와서 좋은데 대체 왜 이런 우중충한 시트지를 붙여놓았는지 알 수 없었다. 그리고 다른 방에도 창문 옆과 아래쪽에 시트지가 붙어 있길래 뭐 이런 촌스러운 걸 붙여놨나 싶어서 떼었더니 시커먼 곰팡이가 잔뜩 있어 엄청난 충격을 받았다. 나는 그 즉시 숨을 멈추고 대문 밖까지 긴급 대피했다. 그리고 참던 숨을 몰아쉬면서 내가 맞닥뜨린 현실을 직시하려고 노력했다. 어쩔 수 없는 일이다. 도와줄 사람도 없다. 나는 혼자다. 내가 직접 하지 않으면 그 무엇도 달라지지 않을 게 뻔했다. 일단 근처 슈퍼마켓에 가서 100리터짜리 종량제 봉투를 다섯 개 사다가 청소부터 했다. 마당까지 다 청소하고 나니까 허리가 휘어질 것 같았다.

이제 본격적인 작업을 하려고 철물점으로 향했다. 사장님께 이것저것 물어보고 방진마스크와 사다리 등 일단 필요한 물건을 구입한 뒤 가게를 나서는데, 사장님께서 나를 부르시더니 귤 한 봉지를 손에 쥐어주셨다. 비록 힘든 작업을 앞두고 있었지만 제주도의 남다른 '귤인심' 덕분에 한결 따뜻해진 마음으로 작업을 시작할 수 있었다.

벽지를 떼어내고 곰팡이를 제거하는 데만 꼬박 3일이 걸렸다. 시

중에 나와 있는 곰팡이 세제는 다 써본 것 같다. 그 결과, 효과는 락스를 희석한 게 제일 좋았는데, 강력한 만큼 조심해서 다루어야 한다. 곰팡이를 제거할 때는 약품을 도포하고 기다렸다 마른 걸레로 닦아내고 환기해서 말리는 과정을 계속 반복했다(건강을 위해 마스크 착용은 필수! 기다릴 때나 환기할 때는 마당에 나가 있었다). 그리고 곰팡이가 있는지 없는지 확인되지 않던 벽의 벽지도 전부 다 뜯어냈다. 어떤 면은 여러 장의 벽지가 덧대어져 있었는데, 그래서인지 벽지가 잘 떨어졌다. 벽지를 떼어내자 집의 연식을 체감하게 해주는 많은 못 자국이 있

였다. 인터넷에서 보고 배운 대로, 퍼티로 메워주고 위에 망사 테이프를 붙여주었다.

다음으로 '결로 방지용 핸디코트'를 덕지덕지 바르기 시작했다. 이거야말로 막노동이다. 방이 바뀌는 과정을 보면 드라마틱하고 뿌듯하지만, 막상 내가 하자니 팔이며 어깻죽지며 전부 떨어져 나갈 듯이 아팠다. 얼마나 힘든 작업인지는 해 본 사람만 안다. 방 한 개도 힘든데, 방 두 개에 거실 벽까지 작업했다. 하는 김에 칙칙한 문에도 하

얀색 옷을 입혀주었다. 바닥은 오래된 장판을 모두 철거하고 깨끗하게 청소한 후에 황토를 발라서 마감했다. 사실 이렇게까지 할 필요는 없었는데, 제주도의 습기를 몸소 체험하면서 습도 조절에 좋고 원적외선이 나온다는 홍보문구에 혹해 바닥까지 작업해버렸다.

'다시는 이런 일 하지 말아야지.'

아무튼, 혹시나 제주에서 허름한 집이라도 구해 셀프 인테리어를 하겠다는 야무진 꿈을 꾸는 사람이 있다면 적극 말리고 싶다. 그만큼 고된 일이고, 몸이 지쳐 나가떨어질 일이기 때문이다.

이렇게 고생해서 그나마 살만한 집으로 만들어놨지만 지금은 여기에 살고 있지 않다. 그동안 두 번의 이사를 했고, 지금은 제주 시내에 거주하고 있다. 덕분에 제주도 집에 대한 생각도 한층 업그레이드되었으니 헛고생은 아니었다고 믿고 싶다.

#제주에서의 첫 번째 겨울

내가 서귀포 감나무 집에 살던 때의 일이다. 이 집에 들어가서 산 건 신구간이 조금 지난 한겨울의 어느 날부터다. 그래도 집을 구한 후에는 들어가서 살든 말든 내 마음대로 할 수 있었기 때문에 집 청소를 여유 있게 마무리하고 그 사이에 침대와 이불 같은 살림살이를 장만했다.

그렇게 임시로 머물던 게스트하우스를 떠나 부푼 마음을 안고 들어간 감나무 집은 정말 엄청나게 추웠다. 이 집에서 하룻밤을 잔 나는 일어나자마자 서울에 있는 동생한테 전화를 걸어 내가 쓰던 전기장판을 보내달라고 했지만, 이미 자기가 쓰고 있다며 단칼에 거절했다. 어차피 택배가 도착할 때까지 추위를 참기보다는 그냥 하나 사는 편이 낫겠다고 생각했다. 그 즉시 전자제품 매장에 가서 전기장판과 할로겐 히터를 구입했다. 오늘 밤부터는 좀 따뜻하게 잘 수 있겠다는 생각에 미소가 절로 나왔다.

그날 밤, 회심에 가득 찬 마음으로 보일러와 히터, 전기장판 3종 세트를 가동하고 잠자리에 들었다. 이불 속이 뜨끈뜨끈해서 잠은 잘 잤지만 아침에 눈을 떠보니 이불 안팎의 온도차가 제법 크게 느껴졌다.

방바닥에 손을 대보니 따뜻하긴 했는데, 집안 공기는 좀 싸늘하게 느껴질 정도였다. 집이 넓어서 그런 건지 내가 보일러 사용법을 잘 몰라서 그런 건지 정확한 원인을 찾을 수 없었다. 이때까지만 해도 제주의 겨울을 제대로 겪어본 적이 없어 겨울을 어떻게 나는 게 좋은지 모르고 있었다. 분명 겨울에 제주를 여행한 적이 있었지만 그때는 마냥 즐거운 마음에 추워도 추운 줄을 몰랐다. 겨울 바람이 차갑기는 해도 평균 기온은 서울보다 한참 높으니까 '추워봐야 얼마나 춥겠어?' 하고 우습게 봤지만, 제주의 겨울은 결코 만만하지 않았다.

감나무 집에는 기름보일러가 설치되어 있었는데, 그 보일러 크기가 과장 좀 보태면 탱크만큼 커서 깜짝 놀랐다. 여태껏 도시가스에 연결된 작은 보일러에 익숙해져 살다가 기름보일러를 쳐다보고 있자니 시대를 거꾸로 거슬러 올라간 것 같았다. 기름 탱크에 기름이 얼마나 있는지 눈금으로 표시되지만, '이 정도 양이면 며칠 정도 쓸 수 있겠다'는 감이 오지는 않았다. 그래서 그냥 기름을 채워야 될 때가 오면 보일러에서 무슨 신호가 오겠거니 하고 보일러를 열심히 가동시켰다. 기름보일러는 점화되는 소리가 벽 너머까지 들릴 정도로 요란했다. 그래도 방바닥을 따끈따끈하게 덥혀주고 온수를 만들어내는 능력만큼은 제법 쓸 만했다.

그러던 어느 날 밤. 샤워를 하고 있는데 갑자기 보일러실에서 이상한 소리가 나더니 찬물이 쏟아져 나왔다.

"으아악!"

내 비명 소리가 욕실에 쩌렁쩌렁하게 울렸다. 난데없는 찬물 봉변에 정신이 번쩍 들었다. 황급히 수건을 두르고 방에 있는 보일러 컨트롤러를 확인해보니 점화 부분에 빨간불이 깜빡거리고 있었다. 직감적으로 기름이 떨어졌다는 걸 알 수 있었다. 하필이면 샴푸도 끝내지 못했는데 일이 터진 것이다. 시간은 이미 밤 열한 시를 향해 달려가고 있었다. 그대로 있을 수 없어서 물기를 대충 닦아내고 제일 큰 냄비에 물을 끓였다. 그나마 물이라도 끓인 건 전기레인지가 있어서다. 만약에 난방과 조리 모두 LPG 가스로 된 집에서 이런 일이 생겼다면 어땠을까 상상하니 궁색하지만 그나마 위로가 되는 심정이었다. 다행히 물이 빨리 끓어서 바가지로 찬물을 섞어가며 대충이라도 샤워를 마무리할 수 있었다.

다급한 상황을 정리하자마자 전기장판이 달궈놓은 이불 속으로 들어갔다. 뜨끈한 침대에 누워 생각하니 오밤중에 이게 무슨 난리인가 싶다가도, 기어이 따뜻한 물로 씻겠다고 냄비에 물 끓이고 생쇼한 걸 생각하면 피식, 웃음이 나왔다. 그동안 1년 365일 끊길 염려 없이 매일 쓰던 도시가스의 소중함을 실감하는 순간이었다.

'아, 시골에 산다는 건 이런 거구나.'

원래부터 여기 살던 사람들에겐 이까짓 거 별 일 아닐 테지만, 나에겐 앞으로 펼쳐질 제주 생활의 예고편처럼 느껴졌다. 그리고 내가 그동안 당연한 듯 누려온 도시의 삶에도 새삼스럽게 감사한 마음이 들었다. 어쩌면 서울을 떠나 이런 섬에 산다는 건 부드럽게 기름칠 되어 있는 일상의 작은 톱니가 이따금씩 달그락거리는 일일지도 모른다. 마치 한참동안 기다려야 탈 수 있는 시골버스를 불평 없이 기다리는 사람처럼, 다소 불편하지만 그걸 감내하고 있다는 의식조차 없이 자연스러운 일상으로 받아들이는 것. 아마 이런 게 아닐까 싶은 밤이었다.

이튿날, 보일러에 붙은 스티커를 보고 전화를 걸었다. 집 주소를 불러드렸더니 도로명주소라 아리송했는지 집 위치를 물으셨다. 이차저차 설명하니 "아~, 거기 감나무 집 맞죠?" 하고 재차 확인하셨다. 그렇다고 대답을 하면서도 내심 감나무가 우리 집에만 있는 건 아닐텐데 잘 찾아오실지 걱정스러웠다. 다행히 30분쯤 뒤에 주유차가 집 앞에 도착했다. 아저씨는 차에서 내리더니 순식간에 호스를 풀고 보일러실 쪽으로 들어가셨다. 아저씨의 행동으로 보아 이전 세입자가 자주 이용한 업체라는 걸 알 수 있었다.

"이사 오셨나 봐요. 얼마나 넣을까요?"

"제가 기름보일러는 처음이라 잘 모르는데, 보통 어떻게 채워요?"

"보통 한 드럼, 식구 많은 집은 두 드럼도 채우고."

"그럼 일단 한 드럼 채워주세요."

기름을 '드럼' 단위로 채운다는 것도 아저씨에게 들어 처음 알게 된 나로서는 주문을 하면서도 한 드럼이 어느 정도의 양인지 감이 오지 않아 아저씨 옆에 서서 기름 탱크에 눈금이 얼마나 올라가는지 유심히 지켜봤다. 그런데 기름 탱크가 얼마나 큰지, 한 드럼으로는 절반도 차지 않았다. 그렇게 기름 한 드럼 채우기는 몇 분 만에 끝이 났다. 아쉽게도 내 기대보다 훨씬 적은 양이었는데 기름 값은 18만 원이나 나왔다. 예전에 누가 한 말인지는 몰라도 "기름보일러는 돈 먹는 하마"라는 소리를 들었는데, 역시나 그 말이 딱 맞았다.

'한 드럼만 넣길 잘했지. 두 드럼 넣었으면 36만 원인데.'

자연스럽게 머릿속 계산기가 돌아갔다.

아저씨가 떠난 후, 기름 냄새가 풍기는 보일러실 문을 열어놓고 인터넷으로 한 드럼이 얼마나 되는 양인지 찾아봤더니 '1드럼 = 200리터'라고 나와 있었다. 다행히 이때 넣은 기름 한 드럼 덕분에 남은 겨울을 무사히 보낼 수 있었지만, 결코 따뜻하지는 않았던 기억이 난다.

알아두면 유용한 제주 생활정보 사이트

사이트명	특징	사이트 주소
제주오일장신문닷컴	부동산에서도 오일장신문을 이용해 정보를 수집한다고 할 정도로 제주도민들이 가장 많이 이용하는 생활정보지.	http://www.jejuall.com
제주대 생활게시판	제주대 학생이 아니더라도 이용할 수 있다. 제주시권의 집을 알아보거나 중고물품 거래를 할 때 유용하다.	http://www.jejunu.ac.kr/_2014/ara/life/01.jsp
제주맘 카페	'제주 생활 정보는 모두 제주 맘카페로 통한다'는 말이 있을 정도로 손에 꼽히는 커뮤니티. 중고장터, 문화행사, 핫플레이스 소식 등 다양한 정보를 얻을 수 있다. 네이버 카페가 원조지만, 별도의 웹사이트도 운영되고 있다.	http://cafe.naver.com/jejumam http://jeju.momscafe.net
제주교차로	오일장신문과 중복되는 정보가 많지만 하나라도 더 챙겨봐서 손해 볼 건 없다.	http://jeju.icross.co.kr

제주도 한달 살기	한 달 살기 카페에는 단기 임대 집 외에도 중장기 연세나 월세 집에 대한 정보가 많이 올라온다.	http://cafe.naver.com/ seogwipoguesthouse2
제사모 카페	집구하기에 도움이 되는 사이트는 아니지만 중고장터와 지역 공구, 소모임이 잘 운영되고 있다.	http://cafe.naver.com/ idiolle

2: 제주 정착
첫걸음은 현지화

#요망진 아가씨의 제주어 입문기

"잘도 요망진 아가씨네……."

'요망지다'는 표현은 내가 제주에서 가장 많이 듣는 말이다. 자화자찬하는 것 같아 쑥스럽지만, 이 말의 뜻은 '똑똑하고 야무지다' 정도로 해석된다. 사실 별로 똑똑하진 않지만 야무지다는 말은 어릴 때부터 많이 들었다. 이런 칭찬은 주로 어른들께 자주 듣는데, 지금이야 이런 칭찬에도 익숙해져서 웃으며 인사를 하지만 처음 이 말을 들었을 때는 무슨 뜻인지도 모르겠는데 안 좋은 의미인 줄 알고 잔뜩 긴장했더랬다. '나보고 요망지다니……. 혹시 내가 서울 깍쟁이 같아 보인다는 말인가?' 싶어 눈치를 살피다 넌지시 그게 무슨 뜻인지 되묻던 기억이 선하다. 그 자리에 있던 어른들께서는 한바탕 웃으시더니 "야무지고 싹싹하다는 말"이라고 설명해주셨다. 해석을 들으니 갑자기 기분이 좋아지고, '요망지다'는 표현이 가슴에 '쿵'하고 박혔다. 내게 이 말은 예쁘다는 말만큼이나 듣기 좋은 최고의 칭찬이었다.

안 좋은 일이 있거나 기분 나쁜 일을 당해서 울적해 있다가도, '그래, 나는 요망진 여자야!' 하고 생각하면 신기하게도 기운이 났다. 비록 원래의 뜻과는 다를지 몰라도, 똑순이처럼 뭐든지 해낼 수 있을 것 같은 용기가 샘솟았다.

제주살이 현지화의 시작은 제주어 듣기부터

내가 제주어를 배우기 시작한 이유는 '잘 알아들으려는 목적'이 그 첫 번째다. 제주도가 외국은 아니지만, 어른들의 대화를 듣다 보면 '이게 과연 내가 아는 한국말 맞나' 싶을 때가 종종 있다. 외계어 같은 말을 가장 많이 들을 수 있는 곳은 마을로 다니는 읍·면 순환버스 안이다. 특히 장날이면 할머니들이 물건을 바리바리 싸들고 앉아 신나게 이야기꽃을 피우신다. 분위기를 보아하니 얘기가 재밌어 보이길래 뒷자리에 앉아서 귀를 쫑긋 세우고 있었는데, 제대로 들리는 단어라고는 '하영' 밖에 없었다.

이럴 수가! 언어의 기본이 듣기, 말하기, 쓰기인데 듣기부터 막히

다니! 작정하고 귀를 기울였는데도 할머니들의 대화를 전혀 알아듣
지 못해 충격을 받은 나는 좀처럼 흥분이 가시지 않았다. 때마침 제주
도 출신 K양을 만나러 가던 중이었어서, 그녀를 만나자마자 버스 안
에서의 상황을 설명하며 물었다.

"할머니들이 하영, 하영 하던데……. 하영이 대체 뭐야?"

내 딴에는 '하영'이라는 말이 계속 나왔으니 그게 뭔가 중요한 키
워드라도 되는 줄 알았는데, 친구가 내 말을 듣더니 난감한 듯 웃었
다.

"하영, 그 뒤에 뭐라고 했을 텐데……. 뒷말은 못 들었어?"

"몰라. 하영, 하영 그러면서 뭐라고 하는데 말도 어찌나 빠르던지.
하나도 못 알아듣겠더라."

"하영은 그냥 '많이'나 '매우' 같은 뜻이라서. 하영 앞뒤에 뭐라고
했을 텐데……."

"에이……. 뭐야! 그럼 하영은 별로 중요한 말이 아니었네. 난 또
뭐라고……."

제주어에 대한 나의 무지함은 대략 이 정도 수준이었다. 가끔 혼자
서 다니다 보면 할머니들께서 종종 말을 걸어오시는데, 나는 어르신
을 좋아하는 편이라 가던 길을 멈추고 대화를 나누곤 한다. 그런데 심
한 경우에는 듣는 말의 절반도 이해하지 못한다. 간혹 내가 좀 알아듣
는 것 같다 싶으면 속도가 점점 더 빨라져 나중에는 귀에 들린 단어

를 조합해서 그 의미를 헤아려야 하는 경우도 있다. 이건 뭐, 외국어 듣기 시험 볼 때랑 다를 게 없다. 이쯤 되면 심각한 언어의 장벽 아닌가? 어쩌다가 오는 여행객도 아니고 제주도에 살면서 이 정도로 못 알아들으면 곤란하겠다는 생각이 들었다. 그래서 이때를 계기로 제주어에 관심을 갖고 조금씩 익혀나가기 시작했다.

해외여행을 할 때 그 나라의 말을 몇 가지 익혀 가면 요긴하게 쓰일 뿐만 아니라 현지인에게 환대받는 경우가 종종 있다. 외국인이 우리나라에 와서 서툰 한국말로 어떤 이야기를 하면 그 사람을 더 열린 마음으로 보게 되는 것도 같은 이유 아닐까? 가까운 일본만 가더라도 일본어로 하는 감사 인사와 영어로 하는 인사말에는 분명 같은 뜻일지라도 정서적인 감흥의 차이가 존재한다. 그 나라, 그 지역의 말을 사용하는 행동은 언어가 지닌 소통의 기능을 떠나서 현지 문화에 대한 관심과 애정의 표현이기도 하니까.

물론 제주도는 외국도 아니고, 제주어를 전혀 몰라도 일상생활에는 별다른 지장이 없다. 그럼에도 불구하고 30대 젊은 이주민인 내가 제주어를 잘 알아듣고 또 능숙하게 구사한다면 이걸 싫어할 사람은 어디에도 없다. 배워서 남 줄 정도는 못 되더라도 시장에 가서 물건을 살 때라도 써먹을 수 있고, 무엇보다 가장 좋은 점은 상대방의 말을 못 알아들어서 생기는 답답함이 해소된다. "외국에 가면 욕부터 배운다"는 말이 있는데, 내가 '요망지다'는 말을 오해한 것처럼 욕과 칭찬도 구분 못하면 제주에서 사는 게 고달파지겠다는 생각도 든다.

　요즘 제주도 젊은이들은 대부분 표준어를 많이 사용하지만, 그래도 어릴 때부터 듣던 말이라 어른들이 하시는 말씀을 알아듣기는 한다. 그래서 제주어를 전혀 못 알아들으면 어딜 가서 누굴 만나든지 이주민이라는 딱지를 뗄 수 없다. 이건 단순히 제주어를 알고 모르고의 문제가 아니라, 몇 년을 살았는데도 제주어 한마디 못 알아듣는 사람을 제주 사람들이 좋게 보진 않는다는 말이다. 단지 그 '모른다는 사실'이 '제주에 대한 무관심' 또는 '제주인화되는 것을 거부하는 태도'로 비춰질 수도 있기 때문이다. 어딜 가나 둥글둥글하게 살아야 한다는 어른들의 말은 지역사회에서 더욱 그럴듯한 생존전략이 되곤 한다. 그러니까 로마에 가면 로마법을 따르듯이 제주에서는 제주 사람인 양 뒤섞여서 살아보자. 그러다 보면 자연스럽게 '요망지다'와 '곱닥하다' 정도의 칭찬이 익숙해지는 날도 오지 않을까?

#제주도는 텃세가 심하다?

제주 생활은 환상이 아니라 현실이다.

보통 결혼에 빗대서 같은 말을 하는데, 이는 몇 번을 강조해도 부족할 만큼 중요한 명제다. 혹자들이 왜 타 지역 사람들의 제주 생활을 단순히 '이사'나 '이주'가 아니라 '이민'이라고 말하는지 생각해본 적 있는가? 제주 이민자로서 그 이유를 짐작컨대, 다른 나라로 이민 가서 사는 것만큼이나 문화적 차이가 크고 정착하는 게 힘들기 때문이다.

흔히 제주 사람들이 텃세가 심하다고 하는데, 나 역시 '육짓것'이라는 이유로 배척당한다는 느낌을 받은 적이 여러 번 있다. 집을 구하러 다닐 때에도 어디에서 왔는지 묻고는 서울 사람이라고 대답하면 납득할 수 없는 이유를 대며 집 빌려주기를 꺼리는 사람을 만난 적도 있다.

또 한 번은 이런 일도 있었다. 아주머니 몇 분이 스타벅스 안으로 우르르 몰려 들어오더니 대뜸 여기 사장은 누구냐고 물었다. 스타벅스는 전지점이 직영점이라 스타벅스 코리아 대표는 이석구라고 대답했다. 그랬더니 내게 다시 확인하듯 이렇게 물었다. "이석구? 제주 사람 아니고?" 대체 이런 건 왜 묻는 건지. 황당하기 짝이 없다. 결국 그분들은 "제주 사람이 하는 가게면 팔아주려고 했다"면서 다른 가게로 가버렸다. 불쑥 찾아와서 그런 말을 하고는 망설임도 없이 휙 돌아서 가버리니까 내 가게도 아닌데 기분이 영 좋지 않았다. 만약에 내가 제주에 와서 장사를 하는 사람이었다면 생각만 해도 우울한 상황이 연출된 것이다. 물론, 그렇다고 제주 사람들이 전부 다 배타적이라는 말은 아니다. 출신 지역에 큰 의미를 두지 않는 사람도 많고, 오히려 더 호의적인 사람들도 있다.

빛이 있으면 어둠이 있듯이, 우리 삶 곳곳에 명과 암은 늘 함께 존재한다.

그러니까 제주 이민을 생각한다면 제주 사람에 대한 선입견을 갖는 대신 '육짓것' 어쩌고 하는 말에도 상처받지 않는 자존감과 낯가리지 않는 친화력이 자신에게 있는지부터 생각해봤으면 좋겠다(나는 자존감이 높은 편이고, 낯은 좀 가리지만 방송작가를 오래 해서인지 친화력은 좋다).어딜 가나 내가 하기 나름이고, 가는 말이 고와야 오는 말이 곱다지 않나. 또래 친구를 만나든 어른을 만나든 누구와도 웃는 얼굴로 인사를 나눌 수 있다면 제주가 아니라 어디에서라도 텃세 없이 잘 살 수 있다.

나는 제주에 와서 한 번도 귤을 사 먹어본 적이 없다. 그냥 인사 잘하고 다녔더니 주변에서 챙겨줬기 때문이다. 어떨 때는 집에 귤이 너무 많아서 상할까 봐 물 대신 열심히 먹었을 정도로 제주 사람들의 넉넉한 귤 인심에 감동했다. 이건 내가 유별나게 예쁜 짓을 해서가 아니다. 누구든지 사람 가리지 않고 어울려 살다 보면 자연스럽게 겨울철 '귤 부자'가 될 수 있다.

서울이라고 다른가? 사람 사는 곳은 다 똑같다. 촌에서 태어나 서울 가서 사는 사람들도 처음엔 다 힘들지 않을까. 아는 사람도 생기고, 적응기를 지나면서 서서히 삶의 안정을 찾고 마음의 여유도 생긴다. 그러면 예전과 똑같은 상황을 겪어도 다르게 느껴진다. 결국, 불편한 텃세를 지우는 건 시간이다. 내 생각에 유독 서울 사람이 텃세를 많이 당하는 건 은연중에도 '득과 실'을 계산하는 습성 때문이다.

우리 눈엔 보이지 않지만 사람을 사귀다 보면 자연히 알게 되는 것이 있다. 이 사람이 나를 계산적으로 대하는지, 아니면 진심으로 대하는지. 그러니 서울과는 다른 삶을 꿈꾸며 제주에 왔거나 오기로 결심했다면, 전과 다르게 여우처럼 살지 말고 곰처럼 살아보면 어떨까?

곰의 탈을 쓴 여우 말고.

#이방인 말고 괸당이 되자

들어는 봤나? 여당, 야당보다 강력하고 끈끈한 결속력을 자랑한다는 괸당!

'제주도는 괸당사회'라는 말이 있는데, 제주 생활에 빨리 적응하고 싶다면 무엇보다 자신과 잘 맞을 만한 괸당에 들어가는 게 최고다.

괸당은 친인척이나 끈끈한 이웃을 통칭하는 제주 말이다. 제주도는 섬이라는 특성상 집성촌과 씨족사회 문화가 발달되어 괸당끼리서로 의지하고 도와주는 문화가 있다. 이 문화는 현재까지도 계속 이어져 내려오고 있으며, 이제는 단지 친인척에 국한되지 않고 친한 이웃이나 지인까지 포괄적으로 아우르는 개념으로 쓰인다.

누군가가 "이제 우리 괸당이 됐으니까……" 하고 말하면, 그 사람이 진짜 나를 친인척처럼 가까운 사람으로 받아들인다는 의미다. 정치적인 여당 야당 같은 편 가르기가 아니라, '내 사람'으로 생각한다는 뜻이다. 그리고 어떤 사람의 괸당이 되는 순간 그 사람의 또 다른 괸당과도 금세 친해질 수 있다. 도움이 필요한 일이라도 생기면 그 사람이 자기가 알고 있는 당원을 총동원하여 도와줄 것이다.

그런데 제주 이주민에게 처음부터 괸당이 있을 리 만무하다. 제주 이주민은 정착 과정 초기에 '이주민 네트워크'로 정보를 공유하고 도움을 주고받는 경우가 많은데, 어떤 측면으로는 이것도 이주민끼리 권당을 형성했다고 볼 수 있겠다. 물론 이렇게 같은 공감대를 가진 이주민끼리 소통하며 지내면 정착생활 초기에 겪는 어려운 상황을 이겨낼 힘과 위로를 얻을 수 있긴 하다. 하지만 나는 이러한 이주민 그룹에 속해 본 적도 없고, 페이스북 등 어떤 이주민 모임에도 가입해 본 적이 없다.

그런 내가 정착 초기에 필요한 지역 정보를 어떻게 얻었느냐면, 집을 구하기 전에 한 달 정도 머무르던 게스트하우스의 스텝과 친구가되었다. 당시 그곳에는 나랑 동갑인 남자 스텝이 있었는데, 제주에 온지도 1년이 넘고 이곳저곳을 많이 돌아다녀서 현지 사정에 밝았다. 그래서 제주 물정 모르던 시절에는 이 친구에게서 요긴한 정보를 많이 얻었다.

서귀포의 중심부인 올레시장에서 밥을 먹거나 물건을 사면서 얼굴을 익힌 아줌마 아저씨에게 물어가며 배운 것들도 진짜 생활밀착형 정보였다. 지역사회라고는 하지만, 꼭 어느 모임에 나가거나 소속이 있어야만 정보를 얻을 수 있는 건 아니니 각자 성격에 맞는 쪽을 선택하자.

어쩌면 내가 너무 극단적인 예를 들어 말하는지도 모른다. 하지만한 번 생각해보자. 외국에 유학 나가면 한국인하고 어울리지 말라고

들 한다. 외국 나갔으니까 현지인과 사귀라고. 그 이유를 굳이 설명하지 않더라도 이해할 수 있듯이, 나는 제주 이민 생활도 이와 비슷하다고 생각한다. 결코 쉽지 않은 일이지만, 내가 꿈꾸던 제주 이민은 진짜 제주도 사람과 어울려 대화하고, 제주어를 배우고, 제주도의 문화를 이해하고, 그러면서 자연스럽게 '제주도민화' 되는 것이었다. 그래서 힘들더라도 그렇게 하려고 노력했다.

물론, 같은 이유로 지금도 제주도에서 인맥이 넓지는 않다. 그래도 내가 제주에서 알고 지내는 사람 대부분이 제주 토박이다. 제주도에서 괸당의 힘은 선거의 판도를 뒤집을 만큼 엄청나다.

나에게 괸당이 생긴 건 서귀포에서 1년 반 정도 살다 제주시로 이사를 준비하던 무렵이다. 신구간도 아닌 6월이었다. 그런데도 깔끔한 남향집을 구하는 데 1주일밖에 안 걸렸다. 내 괸당들이 내가 잠을 자는 동안에도 오일장신문, 제주대 게시판, 제주맘 카페 등 각종 사이트를 뒤지고 지인에게 수소문해준 노력 덕분이다.

이 경험으로 괸당이 있다는 게 얼마나 중요한지 실감했고, 감탄했으며, 또 한 번 감사했다. 이렇게 나를 괸당으로 생각해주는 사람이 있다는 것만으로도 제주 생활의 큰 자산이 되고 버팀목이 된다. 요즘 내가 만나는 사람들은 고향이 서울이라고 하면 "이주민이었어요?" 하고 묻는다. 원래 제주도 사람인 줄 알았다는 거다.

솔직히 말하자면, 나는 처음부터 '일부러' 이주민 모임과는 거리를 두려고 했다. 이유는 단순했다.

'이주민끼리만 어울리고 싶지 않아서.'

약간 오해의 소지가 있을 수도 있겠다. 이주민 모임에 나간다고 이주민끼리만 어울려 사는 건 아닐 수도 있으니까! 그런데 만약 내가 제주도에서 알게 된 사람이 열 명이라고 했을 때, 그중에 아홉 명 정도가 이주민이라면 어떨까? 물론 공감대도 많고 통하는 면이 많아서 좋을 거다. 그러다 보면 점점 끌리기 때문에 주로 이주민들과 어울리게 된다. 그런 식으로 제주도에서 나의 정체성이 이주민으로 굳어지기를 원치 않았다.

나는 '서울 가면 서울사람, 제주 오면 제주사람으로 보이는'
현지 최적화된 지금의 내가 마음에 든다.

그렇다고 처음부터 꼭 나처럼 이주민 모임을 멀리 할 필요는 없다. 정착 초기에는 분명 어떤 일이든지 도움이 필요하기 마련이고, 이주민 네트워크는 생각 이상으로 광범위하고 놀라운 파워를 갖고 있다. 성격이 유별나게 각진 사람만 아니라면 누구나 소외감 느끼지 않고 살 수 있다. 하지만 이주민하고만 어울리는 것은 결코 추천하고 싶지 않다. 이건 유학이나 워홀 가서 한국인하고만 어울리는 것과 진배없는 행동이다. 원주민의 텃세가 두려울 수도 있겠지만, 처음에는 그냥 마음 가는대로 두루두루 다양한 사람과 어울려보는 게 좋다. 그러다 보면 자연스럽게 제주사회에 뿌리내리는 데도 도움이 되고, 진정한 의미의 '정착 성공'이라는 심리적 안정을 얻게 될 테니 말이다.

#사랑하는 만큼 더 깊게 이해하고 싶다

살다 보면 때때로 누군가에게 이해받고 싶어지는 순간이 있다. 또 반대로, '잘은 모르지만' 누군가를 이해하고 싶은 순간도 만나게 된다. 나는 바로 그 지점에 사랑과 우정이 존재한다고 생각한다.

이해, 공감, 사랑, 진심, 소통……. 이 단어들을 좋아하는 이유는 전부 다 우리 '마음'에서 시작된 말이기 때문이다. 이 중에서도 내가 가장 좋아하는 단어는 역시 '사랑'이다. 그리고 사랑하면 그만큼 더 이해하고 싶어진다. 제주도 마찬가지다.

아름다운 자연, 그 속의 진짜 제주를 알아가는 시간

가족도 친구도 아무런 연고도 없이 혼자 내려와 살 정도로 제주가 좋다면서, 단지 눈에 보이는 껍데기만을 사랑하고 싶진 않았다. 제주 사람들을 이해하고 싶었고, 제주 말을 배우고 싶었고, 제주 문화와 역사를 이해하고 싶었다. 또 한편으로는 호기심이 생기기도 했다. 내가 사랑하는 제주의 진짜 모습은 무엇인지 궁금했다. 물론 아직도 제주의 모든 것을 온전히 이해할 수는 없지만, 내가 노력하는 만큼 제주는 더 깊숙이 내 마음을 파고들었다. 이해를 하니까 더 애정 어린 시선으로 보게 되는 그런 마음이랄까.

제주, 나는 너를 공부하려 해! 뭘 알아야 이해할 수 있으니까

내가 제주도를 이해하고자 제일 먼저 시작한 건 다름 아닌 공부였다. 제주도에는 이주민을 대상으로 한 강좌가 많이 있기 때문에 조금만 관심을 기울이면 누구나 쉽게 참여할 수 있다.

내가 처음 참석한 강좌 이름도 '이주자를 위한 제주문화의 이해' 같은 류의 것이었는데, 정말 부담 없이 들을 수 있는 강의였다. 이틀 동안 하루 종일 진행되는 강으로, 첫째 날은 제주의 전반적인 역사와 문화에 대한 강의와 제주어 강의를 듣고 이튿날은 오름 두 곳을 오르면서 제주의 지형과 생활문화 설명을 들었다.

오래 전 일이라 구체적인 내용은 생각나지 않지만, 자주 쓰는 제주어와 그 활용법까지 배웠던 게 기억에 남는다. 무슨 외국어 공부도 아닌데 영어 공부하듯이 발음과 억양까지 연습했다. 그때만 해도 친한 제주도 사람이 없었을 때라, 어디 가서 그 말을 직접 써먹으려고 했다기보다는 누가 말하면 잘 알아듣고 싶은 마음이었다.

제주어가 어려운 이유는 생소한 단어에도 있겠지만 표준어에서 사라진 훈민정음의 아래아(ㆍ)를 발음하는 게 힘들기 때문이다. 특히 육지에서는 'ㅏ'로 발음하는 단어를 'ㅗ'에 가깝게 발음하는 경우가 많다. 또 특이한 점은 제주도 안에서도 동서남북 지역별로 발음이 다른 경우가 제법 많다는 것인데, 여기 사람들 말로는 동쪽 사람들 발음이 서쪽보다 더 강하다고 한다. 바람이 더 세게 불어서 그렇다는데 어쩐지 그럴듯한 이유다.

제주어 얘기가 나왔으니 말인데, 제주 사람들은 '부산 사투리'처럼 '제주 사투리'라는 표현을 거의 쓰지 않는다. 간혹 어떤 분들은 '제주 사투리'라고 하면 불쾌해하기도 했다. "사투리가 아니라 제주어"라고 정정해주면서 세종대왕이 만든 본래의 훈민정음과 가장 유사한 제주어의 중요성을 강조했다. 그 분 얘기를 듣다 보니 프랑스인이 생각날 정도로 제주 사람들이 제주어에 대한 애정과 자부심이 대단하다는 걸 느낄 수 있었다.

하지만 젊은 세대는 제주어를 거의 사용하지 않아 점점 사라져 가고 있다. 실제로 유네스코 '소멸위기 언어'에 등록되어 있는 실정이다. 그래서 제주에서도 제주어를 보존하고자 여러 가지 노력을 하고 있다.

작년에는 내가 맡은 라디오프로그램에서도 제주어보존회와 함께 퀴즈를 진행했는데, 나로서는 네이티브 발음으로 제주어를 배울 수 있어서 좋았지만 참여자도 별로 없고 정답을 맞추는 사람 대부분이 중년층 이상이었다.

비슷한 프로그램이 여럿 있지만, 역시 젊은 세대의 관심을 끌지는 못한다. 이대로라면 제주어가 정말 사라질지도 모른다. 거꾸로 뒤집어 생각해보면 언젠가 소멸될 언어를 내가 지금 듣고 배우고 있다는 얘기니, 비록 그럴싸하게 따라하진 못하지만 자주 쓰려고 노력해야 겠다.

괸당문화의 이면, 이주민 울리는 텃세

이주민이 제주에 오면 극복해야 할 세 가지가 있다. 바로 날씨, 언어, 텃세다. 의외로 제주의 날씨에 적응하지 못해서 돌아가는 이주민이 많다고 하는데, 날씨는 적응하는 수밖에 방법이 없고, 언어는 살면서 배우면 된다. 그런데 텃세는 심리적인 만족도와 직결되기 때문에 극복하기 쉽지 않아 보인다.

어디에 가나 텃세가 있다. 군대나 직장에도, 외국에도 한국에도, 어느 지역에 가도 마찬가지다. 근데 왜 유독 제주도를 콕 집어서 텃세가 심하다고 하는 걸까? 대체 왜 그러는지 궁금했다. 텃세라는 게 당하는 입장에서는 그걸 이해하거나 납득하지 못하는 경우가 많아 자기 속만 상하고 상황 종료가 되는 경우가 대부분이다. 그런데 이해하고 나면 마음이 편안해질 수도 있다. 좀 짜증나긴 하겠지만, '텃세마저도 이해하려고 노력해보자'는 게 나 자신의 정신건강을 위해 한 선택이었다.

지금까지 경험한 바로는 텃세의 이유는 대체로 반반이다.

"육짓것들은 그냥 싫어" 혹은 "육짓것들이 와서 제주를 망쳐놔서 싫어".

전자는 아무래도 좀 문제가 있어 보이는데, 굳이 이해하려고 들자면 '그냥' 싫어하는 경우는 거의 없다. 따지고 보면 사돈의 팔촌이 육지 사람한테 사기를 당했다거나 아는 사람이 육지에 살다가 안 좋은 일을 경험했다거나 하는 식으로 육지사람에 대한 선입견을 갖게 된 계기가 있을지도 모른다. 물론 직접적인 이유 없이 무조건 배타적인 태도를 보이는 경우도 여기에 해당하기 때문에, 텃세를 당하는 입장에서는 영문도 모르고 기분이 나쁠 수밖에 없다. 내 경험을 예로 들면 이런 식이다.

"서울에서 왔어요? 육지 사람한테는 집 안 빌려주니까 그냥 다른 집 알아보세요!"

"네? 뭐라고요? 집이 비어 있는데 안 빌려주신다고요?"

"아, 글쎄, 육지 사람한테는 집 안 빌려준다니까요. 다른 데 알아보세요."

뭐라고? 세상에! 이게 말이야 방귀야?

'아니, 뭘 잘못하지도 않았고 피해를 주지도 않았는데, 대체 왜 육지 사람이라서 안 된다는 거지?'

그날의 황당함은 아직도 잊히지 않는다. 나중에 알고 보니 뜻밖에도 육지 사람에게는 집을 빌려주지 않는 사람이 많다고 한다. 육지 사람이 집을 태워먹는 것도 아닌데 왜 그러는지. 이 부분은 도무지 이해가 되지 않는다.

이런 육지 사람에 대한 배타적 성향은 하루 이틀에 생긴 것이 아니다. 괸당문화로 똘똘 뭉친 제주사람들의 울타리 안으로 들어가기만 한다면 그들이 얼마나 정 많고 따뜻한지 알게 되겠지만 그 울타리 밖은 전혀 다른 세상인 것이다. 결국 텃세를 이겨내고 지역사회로 들어가려면 나부터 노력하는 수밖에 없다.

그렇지만 이해가 되는 텃세도 있다. 바로 생존권과 직결된 경우다.

제주도에서 이주민과 원주민 사이의 갈등은 어제오늘 일이 아니다. 문화이주민을 예로 들어보자. 기존에 제주에서 활동하던 예술가들도 먹고살기 힘들기는 마찬가지다. 예술 활동 지원금을 받으려고 그들이 경쟁하는 것은 당연하다. 그런데 지원금을 요청하는 서류나 기획안부터 이주민과 차이가 난다. 이는 그들이 단지 이주민이라서가 아니라, 상대적으로 젊은 세대가 많고 지원금 경쟁이 더 치열한 도시에서 경험을 쌓아왔기 때문이기도 하다. 하지만 결과적으로 보면 문화이주민이 지원금을 많이 받고 기존에 수십 년간 제주도에서 활동해온 문화예술인들은 지원금을 못 받게 되는 경우가 생긴다. 냉정하게 말하자면 경쟁에서 밀렸으니 어쩔 수 없는 일이다. 그렇지만 이들의 입장에서는 그동안 계속 받아오던 지원금을 못 받아 피가 마른다. 그런데 제주도에서는 이주민 지원 정책을 계속하고 있다. 왜냐고? 제주도 전입 인구가 늘어나는 것도 실적이니까.

입장 바꿔 생각해보자. 비단 문화예술인만의 문제가 아니다. 이주민이 들어와서 옆에 근사한 카페를 지어 놨다. 덩달아 가게 손님은 늘었는데 땅값이 오르니 점포 임대료도 따라서 오른다. 어느 순간을 넘어서면 더 이상 유지가 안 된다. 땅값과 집값이 오르니 투자 목적이 아닌데 세금만 더 내야 되고, 점포 임대료가 오르니 식당에서도 음식값을 올릴 수밖에 없다. 이래저래 먹고살기 힘들어진 사람들은 누군가를 탓하고 싶어진다. 그 화살이 정치인, 중국인, 이주민에게로 향한다. 이주민이 직접적인 피해를 주진 않았지만, 그렇다고 마냥 고운 시선으로 이주민을 바라볼 수 있을까? 얄밉지 않을까? 이렇게 생각하면 어느 정도의 텃세는 이해할 수 있지 않을까?

슬픔 위에 쌓아올린 제주의 평화

제주 사람들하고 친해지기 어렵다는 지인이 있었다. 그녀는 "너무 힘들어서 떠나려고 하니까 그제야 친해져서 사람들이 잘해줬다"고 말했다. 제주 사람들이 가진 배타성은 어머니의 어머니 세대, 어쩌면 그보다 더 오래전부터 이어져온 수탈의 역사를 함께 설명하지 않고서는 이해할 수 없다. 특히 4·3 사건은 수탈의 역사로 대변되는 제주의 역사에서 유독 아픈 이름이다.

나는 우리나라 근현대사를 잘 모른다. 특히 4·3 사건에 대해서는 더욱 그렇다. 아직도 명확하게 밝혀지지 않은 부분이 많이 있고, 정치적인 해석과 시각이 엇갈리며 논쟁이 계속되고 있기 때문이다. 그런 의미에서 4·3 사건은 아직도 현재 진행형이다. 공식적으로 등록된 사망자만 무려 1만 4천 명이 넘는다. 제주 토박이라면 누구나 일가친척을 잃었다고 할 정도다. 그래서 오히려 제주 어르신들은 4·3 사건을 입에 담는 것조차 너무 마음이 무겁고 아프다고 한다.

4·3 사건을 다룬 영화 〈지슬〉 촬영지로 알려진 큰넓궤 동굴에 가본 적이 있다. 제주 역사문화 기행 프로그램에 참여해 여러 사람들과 함께 동굴 속까지 들어갔다 왔다. 동굴 입구에서부터 엎드려 기어들어가야 했는데, 바닥에는 깨진 그릇 파편과 꺼진 촛불이 있었고, 손전등을 켜니 머리 위로 박쥐가 지나가서 화들짝 놀라기도 했다. 제주 사람들은 왜구도 아닌, 무장경찰과 군대를 피해 이런 곳까지 피난을 와야 했던 것이다. 이렇게 동굴에 숨어있다가 발각되면 입구에 불을 피우는 바람에 그대로 질식사했다고 한다. 참담한 역사의 현장을 몸소 체험하면서 몸이 부들부들 떨렸다.

학살의 흔적이 남아있는 곳은 여기만이 아니다. 안덕에 있는 백조일손묘는 4·3 때 학살된 사람의 신원을 확인할 수 없어 함께 묘를 만들고 모두의 조상, 하나의 자손이 되어 추모하도록 만든 곳이다.

제주 곳곳이 학살현장이었다. 섬은 졸지에 아비와 남편, 어미를 잃은 사람들로 넘쳐났고, 한라산 기슭에서 희생당한 사람들의 피가 개울을 지나 바다로 흘러갔다.

관광객으로 붐비는 월정리, 세화리, 협재, 애월……. 탄성을 자아내게 만드는 에메랄드빛 바다도 당시에는 시뻘건 피바다였다. 얼마나

많은 사람이 죽었으면 바다가 일주일 내내 붉은빛이었다고 한다. 뼈 아픈 제주의 역사가 이 바다로 흘러 들어간 것이다.

그럼에도 불구하고 살아남은 사람은 계속 살려고 바다에 가서 물질을 했고, 시체를 묻어 비옥해진 땅에서 알 굵은 감자, 고구마가 나오면 눈물을 머금으며 밥상을 차렸다고 한다. 산 사람은 살아야 하니까.

이때 여자보다 남자가 더 많이 죽어 이후로 자연스럽게 여자가 생계를 책임지는 가정이 많아졌다. 흔히 제주 여자의 강인함을 이야기하는데, 어쩌면 필연적으로 그래야만 했는지도 모른다. 물때가 안 맞아 물질을 못하는 날에는 밭에 나가 일하는 게 해녀의 제일 흔한 '투잡'이었다고 하는데, 지금도 그렇게 두 가지 일을 하는 사람이 내 주변에도 있다.

가만히 제주 역사를 되짚어보면 내 피붙이, 일가친척 말고는 믿을 사람 하나 없다는 마음이 들 법도 하다. 그래서 괸당은 챙기고 육지것은 멀리하고 싶은 게 아닐까.

제주인들은 자의든 타의든 관계없이 자신의 삶을 있는 힘껏 부둥켜안고 살아간다. 그들을 보면서 인내와 포용의 의미를 다시 생각해보았다. 요즘 밀고 있는 '평화의 섬, 제주'의 평화는 이들의 침묵과 인내로 지켜지고 이어져온 것인지도 모른다는 생각이 들었다.

모계중심사회 제주의 잔치문화

제주 여자가 생활력이 강하고 억세다고 하는데, 이는 역사적인 배경 뿐만 아니라 자연 환경과도 무관하지 않은 것 같다. 땅이 현무암이라 물이 안 고여서 벼도 심을 수 없고, 밭이라도 일구려고 호미질을 하면 시커먼 돌덩이 파내기부터 고역이었을 터다. 게다가 식수로 쓸 수 있는 '단물'도 해변의 마을 근처에서만 솟아났다. 조선시대 지도만 봐도 대부분의 마을이 해변에 있어서 물을 길어오려고 여자들이 물허벅을 이고 다녔다. 그래서 자연스럽게 땅보다는 바다를 가까이하며 살았고, 최대 수입은 해녀의 물질에서 나왔다. 어느 집이든 잘 키운 딸 하나는 집안의 기둥이고 보물이었다.

그렇게 귀한 딸을 시집보낸다는 건 무엇보다 경제적으로 큰 손실이었고, 반대로 남편과 시가에는 경사스러운 일이 아닐 수 없었다. 이런 이유로 아들이 결혼을 하면 재산 밑천인 딸을 보내준 처가에 돈을 보냈다고 한다(형편에 따라 1~3천만 원 정도). 그러면 여자는 이 돈을 받아서 결혼 준비를 하고 남는 돈은 친정에 주었다.

지금은 시대가 많이 바뀌었는데도, 이 풍습은 형식적으로 계속 이어지고 있는 것 같다. 택시 기사님에게서 이 이야기를 처음 들었는데, 반신반의했던 이 말이 사실로 판명난 건 몇 달 후에 아는 사람의 결혼소식을 접하면서였다. 그녀는 시댁에서 2천만 원을 받았다고 했다. 물론 그녀는 해녀가 아니라 평범한 직장인이다.

제주도의 결혼문화에서 한 가지 더 놀라운 사실은 잔치문화다. 결혼식 하고 짐 싸서 떠나는 일반적인 결혼식과 달리 제주도의 결혼식은 부부와 가족들이 예식장에서 하루 종일 대기하며 손님을 맞이한다. 심지어 일가친척이나 하객이 많으면 3일 동안 하는 경우도 있다고 한다. 신랑 신부 입장에서는 정말 피곤한 일이지만, 괸당 사회인 제주 특성에 맞게 하객이 아무 때나 올 수 있도록 배려하는 것이란다.

그러니까 잔치에 초대받으면 '꼭' 가야 한다. 혹시라도 이런 중요 행사에 불참하면 두고두고 욕먹을 각오를 해야 한다. 그래서 제주에서는 어떤 약속이든 '제사' 혹은 '잔치'보다 우선순위가 되기 어렵다. '제사'나 '잔치'에 가야 한다고 하면 모임이나 회사에서도 대부분 이해하고 넘어갈 정도다.

'진짜 제주'를 이해하고 사랑하자

제주도는 무지개를 닮은 섬이다. 그만큼 다채로운 색깔을 지녔다. 동서남북의 바다가 다르고 날씨가 다르듯이 사람들의 생활, 살아온 역사, 문화도 다르다. 어차피 100퍼센트 이해하는 건 불가능하다. 하물며 사람 사이도 누군가를 완벽하게 이해할 수 없는데, 제주도라는 큰 섬은 오죽할까? 그렇지만 사랑하니까 좀 더 가까이 다가가서 살펴보고 이해하려고 노력할 수는 있지 않을까? 나도 많은 노력을 하지는 않았다. 그때그때 할 수 있는 일을 했을 뿐이다. 강좌를 듣거나 책을 읽고, 제주 뉴스에 관심을 기울이고, 어른들과 대화를 나누기만 해도 제주도를 이해하는 폭이 넓어질 수 있다.

어쩌면 제주를 이해하는 일은 누군가에게는 별로 중요하지 않을 수도 있다. 하지만 이게 내가 제주를 사랑하는 방식이다. 내가 제주를 더 알게 된 만큼 더 많은 것을 이해하고 더 깊이 사랑할 수 있게 되었다는 사실만은 분명하다.

#먹고사는 문제

제주 이민을 꿈꾸는 이에게 가장 막막한 과제는 먹고사는 문제가 아닐까 싶다. 서울에서 하던 일을 때려치우고 제주로 오면, 가장 큰 선택지는 두 가지다. 농사, 아니면 사업(카페, 게스트하우스). 그런데 이미 포화상태인 카페나 게스트하우스 운영은 만만치 않은 일이며, 농사도 결코 쉽게 도전할 수 있는 일이 아니다. 게다가 요즘에는 땅값이 천정부지로 오른 데다 구하기도 쉽지 않아서 농사는 더 어려운 일이 되어버렸다.

나는 어차피 사업할 생각도, 그럴 만한 돈도 없었다. 그래서 제주에 처음 내려올 때는 스타벅스에서 일을 했고, 누구나 짐작할 수 있을 정도로 적은 페이를 받았다. 서울에서 하던 방송 작가 일과 비교하면 도저히 말도 안 되는 금액이긴 했다. 이미 언급했듯이, 방송 작가는 전문직이기 때문에 일반 회사원인 또래 친구보다는 비교적 보수가 좋고 시간적 여유도 많다. 그래서인지 내 지인 중에는 아직도 방송 작가가 많다. 최근에 서울 가서 만난 친한 언니 한 명은 내게 이렇게 말했다.

"지은아, 여기서 그냥 남들처럼 이백, 삼백 버는 거 같으면 아깝지도 않지. 근데 어떻게 다 버리고 가니? 야! 진짜 난 너처럼은 못할 거 같아."

방송 작가는 프리랜서라 투잡도 가능하고 능력껏, 일하는 만큼 번다. 나는 방송 작가가 꿈이었고, 천직 같았고, 즐거웠다. 그런데 '작가 님' 소리 들어가며 자유롭게 일하는 전문직 대신 스타벅스 바리스타로 제주에 왔다. 남들이 볼 때는 어처구니없고 말도 안 되는 일일지 모르지만, 그 당시 나에게는 이게 최선이었다. 제주에 가서 살고는 싶은데 돈이 없다고 미루고, 타지에 가서 할 일이 마땅치 않다고 미루다가 그렇게 나이만 더 먹고 싶진 않았으니까!

일단 하고 싶은 게 있으면 '지금이 아니면 안 된다'는 마음가짐으로 최대한 빨리 실행에 옮겨야 한다고 생각한다. 우리는 어쩔 수 없이 한 살 두 살 나이를 먹을수록 '내가 하고 싶은 일'보다는 '주변에서 바라는 일'을 더 많이 의식하며 그렇게 내가 아닌 모습으로 살아간다. 그러다가 어느 순간 '내가 원한 삶은 이게 아닌데……' 하며 씁쓸한 마음으로 자신의 지난날을 되돌아보며 후회한다. 그러니 무엇이든 꼭 하고 싶은 게 있다면 한 살이라도 어릴 때 도전해야 한다는 생각이 들었다. 실패하더라도 리스크가 적을 테니까. 언제가 될지 모르는 완벽한 타이밍을 기다리기보다는 내 마음이 확신으로 바뀌는 바로 그 순간부터 빠릿빠릿하게 움직일 수 있는 게 청춘의 이름으로 휘두를 수 있는 가장 큰 무기가 아닐까? 사랑 고백하는 것도 아닌데 괜히 때 기다리며 하루 이틀 미루고 망설이다가 황 되기 전에 말이다.

그래서 나는 제주에 오면서 줄어드는 수입을 감안해 최대한 검소하게 살기로 마음먹었다. 어차피 명품이나 액세서리에는 관심도 별로 없었기에 가능한 일이다. 옷도 마찬가지다. 일할 때는 유니폼을 입으니까 굳이 매일매일 옷에 신경 쓸 필요도 없었다.

뜻밖에도 가장 크게 줄어든 지출은 문화생활비와 용돈이다. 서울에서는 친구를 굉장히 자주 만났다. 시간이 자유롭고 친구 대부분이 나와 비슷한 생활 패턴의 사람들이어서 특별히 약속을 하지 않은 때도 "이따가 만날까?" 하고 연락해서 만나기도 했고, 불금, 불토, 그리고 일요일까지도 신나게 놀다 귀가하기 일쑤였다. 그렇게 자주 만나도 친구를 만나면 늘 할 얘기가 많고 재미있었다. 어디 친구뿐일까? 학교 선후배 모임이나 지인의 결혼식, 돌잔치 등 주말이고 평일이고 할 것 없이 내 여가시간은 거의 항상 사람들과의 만남으로 채워져 있었다. 때때로 혼자인 시간이 필요하다고 느낄 정도였다. 그래서 가끔은 일부러 아무 약속도 잡지 않고 혼자서 광화문에 가거나 한가한 평일 오후에 영화나 전시회를 보기도 했다. 어쩌면 나만의 시간이 필요해서 제주에 내려오고 싶었던 건 아닐까 싶기도 하지만, 그래도 친구가 그리워 서울을 찾는 걸 보면 꼭 그렇지만은 않은듯하다.

본론으로 돌아가서, 친구랑 만나면 뭐하고 노나? 돈 쓰면서 논다! 그렇지 않나? 근데 제주에는 같이 놀 만한 친구가 없다. 그러니 자연스럽게 불금과 불토가 없어지고, 외식비며 음주가무에 들어가는 돈이 줄어들었다. 지금은 제주 시내에 살고 있지만 서귀포에 살 때는 영화관이 하나뿐인데다 가깝지도 않아서 영화도 자주 보지 못했다. 서울에서 언제든지 쉽게 접할 수 있는 연극이나 뮤지컬, 콘서트는 정말 멀어졌다. 또 야구 시즌에 좋아하는 팀의 경기를 직관하지 못하게 된 것도 작게나마 영향이 있었다. 결국 이렇게 내 의지와는 상관없이 '환경이 바뀌었기 때문에' 여가생활비, 문화생활비가 가장 큰 폭으로 줄어든 지출 항목이 되었다.

그렇다면 제주에서 살면서 가장 큰 지출을 차지한 항목은 뭘까? 그것은 다름 아닌 식비다. 제주에 오면서 수입도 줄어들고 문화생활과 멀어져버린 탓에, 엥겔지수가 높은 사람이 된 거다. 오, 맙소사! 고백컨대, 내가 비록 순수예술을 직업으로 삼지는 않았지만 명색이 예대 나온 사람이라 문화예술을 항상 가까이하고 살았거늘, 기껏 제주에 와서 이렇게 엥겔지수 높은 사람이 됐다고 생각하니 속상하고 우울했다.

우울한 마음을 달래려면 다른 즐거움으로 마음을 채워야 한다. 그래서 나는 제주에서 누릴 수 있는 자연을 즐기며 일상을 여행하듯 살아보기로 했다. 다행히 나는 인공적으로 만든 테마파크보다는 자연 그대로의 풍광을 좋아해서 쉬는 날마다 어디 놀러 나가도 용돈이 많이 필요하지 않았다.

서귀포에 살 때는 남원 큰엉 해안산책로, 대포주상절리, 용머리해안, 산방산을 자주 갔는데, 제주도민이라 입장료도 필요 없었다. 집에서 '아점' 먹고 나가서 놀다가 해가 넘어갈 때쯤 집으로 돌아와 저녁을 먹는 패턴이라 비싼 관광지에서 밥 사 먹을 일도 거의 없었다. 출출할 때 간식을 사 먹을 돈이나 차비만 있어도 충분했다. 올레길을 걷는 날엔 집에서 준비해 간 도시락을 바닷가의 벤치나 정자에 앉아서 까먹기도 했다(올레길 중에는 근처에 식당이 거의 없어 탐방객에게 도시락을 권하는 코스도 있다). 쉬는 날 외출 패턴이 이렇다 보니 자연스럽게 씀씀이가 줄어들었다.

그래도 여자인지라 너무 후줄근하게 하고 다닐 수는 없어서, 가끔은 옷을 사야겠다는 생각이 든다. 하지만 막상 사려고 나가보면 백화점도 아울렛도 없는 제주에서는 쇼핑하기가 번거롭다. 길거리를 왔다 갔다 하면서 가게마다 문을 열고 들어갔다 나왔다 해야 하는 환경은 쇼핑을 '재밌는 일'이 아니라 '귀찮은 일'로 느껴지게 만든다. 그렇게 오프라인 쇼핑하는 게 힘들어서 인터넷 쇼핑을 하려고 보면 쇼핑몰마다 제각각으로 책정되어 있는 도선료 추가 옵션 때문에 불쾌해지고, 간혹 일주일이 넘어 배송 받는 경우도 있어서 택배로 물건을 구매하는 것도 역시 별로 내키지 않았다. 그래서 결국은 옷도 더 안 사게 됐다. 가끔 서울에 갈 때 조금씩 사 오기는 하지만, 제주에서 로드숍 돌아다니며 쇼핑하는 경우는 거의 없다. 이러다 보니 지출이 줄어

드는 게 당연하지 않은가.

　대신 새로 생긴 지출 항목이 있는데, 바로 반려견을 위한 지출이다. 각종 접종비용이나 사료비, 간식비, 그리고 내가 서울 갈 때마다 병원에 맡기는 데 드는 호텔링 비용은 결코 내 의지로 줄일 수 없는 지출 항목이다. 반려견과 함께 살기로 한 이상, 럭셔리하게 키우진 못해도 최소한 이 정도 지출은 당연하다고 생각하기 때문에 이 부분에는 크게 개의치 않는다.

　집에만 콕 박혀 있으려고 제주 이민을 꿈꾸는 사람은 없을 거다. 아마도 아름다운 자연환경에서 평화로운 마음으로 여유 있게 생활하고 싶다는 로망이 사람들을 제주로 이끄는 게 아닐까? 나 역시 그랬다. 대신 나는 내가 할 수 있는 선택, 즉 마음의 여유를 얻는 대신 경제적인 여유를 포기했다는 점이 남들과 조금 다르지 않을까 싶다.

　하지만 마음먹기에 따라 제주 이민은 누구나 할 수 있는 일이라는 생각이 든다. 나라고 돈 욕심 없지 않고, 물욕이 없는 것도 아니다. 때로는 사지도 않는 로또 당첨을 꿈꾸기도 한다. 다 포기하고 마음을 비우고 사는 것 같아 보여도, 욕심 한 점 없는 사람 어디 있을까? 사람 마음은 다 똑같다. 어느 누군가에겐 부러움의 대상이고 완벽해 보일지 몰라도, 완벽히 행복할 수는 없다. 돈이 많은 사람도 더 큰 '부'를 꿈꾸고, 애인이 있어도 외로울 수 있으며, 대기업에서 일해도 노후 걱정은 매한가지다. 사람들은 어쩌면 본능적으로 자신에게 '부족한 것'을 찾아내는지도 모른다. 욕심나는 무언가를 얻으려 더 치열하게 노력하고, 그렇게 한 사람 한 사람의 욕심이 열정으로 바뀐 덕분에 지금의 인류가 있는 게 아닐까 하는 생각이 든다.

'남들 다 저렇게 열심히 사는데, 나만 너무 나태한 것 아닐까?'

'이러다가 너무 뒤처지지지는 않을까?'

이런 걱정스러운 마음이 들 때도 있다. 그래서 생각해봤다. 어쩌면 내가 선택한 제주 이민은, 나 자신에게 선물한 '기약 없는 안식년'일 수도 있겠다고 말이다.

혹시 내가 언제 어떤 이유로 다시 서울에 가게 되더라도, 나 스스로 허송세월했다는 마음이 들지 않도록 이 시간을 의미 있게 채워야 되겠다는 생각이 들었다.

#제주의 부족 직업군

제주살이에 대한 '로망'이라면 누구나 비슷비슷한 상상을 하겠지만, 그건 어디까지나 로망일 뿐이다. 현실적으로 생각해보면 어디서든 일을 하는 건 당연하니, 제주에 와서 취업해보면 어떨까?

미리 말해두자면, 고소득에 대한 꿈은 고이 접어두시라. 초를 치는 얘기일지도 모르지만, 제주도는 전국 17개 시·도 중 연평균 근로소득이 최하위고, 가구당 연평균소득 역시 만년 꼴찌다. 그래도 기꺼이 일할 생각이 있다면 부족 직업군에 관심을 가져보는 것도 좋은 방법이다.

일단 제일 큰 시장인 여행업을 떠올리는 사람들이 많을 텐데, 흔히 생각하는 '가이드'는 대부분 외국인 단체관광객을 상대로 하기 때문에 수준급의 중국어와 영어를 구사할 줄 알아야 한다. 영어는 조금 부족하더라도 중국어는 필수다. 하지만 중국인 관광객 가이드는 육체적으로나 정신적으로 몹시 힘든 일이라고 한다. 단순히 관광지 투어만 하는 것이 아니라 면세점을 데려가거나 물건을 구매하도록 독려하기도 해야 하기 때문이다. 그래도 중국인 단체 여행 가이드가 여행 관련 업종 중에서는 수입이 가장 높다고 알려져 있다. 내국인 단체 여행 가이드의 경우도 상황은 비슷한다, 아무래도 가이드이기 때문에 제주를 많이 알수록, 말을 잘 할수록 유리하다. 현장 가이드를 제외하면 대부분의 여행 관련 일자리가 여행상품이나 관광시설의 입장권 등 패키지 상품을 판매하는 업체의 상담직이다. 평균 임금이 낮은 건 감수해야 하지만, 일자리가 많기 때문에 비교적 빠른 시간 내에 취업이 가능하다.

여행업 다음으로 '일 할 사람이 없어서 문제'라는 업종이 있는데, 바로 건축업이다. 전문성이 요구되는 직업군으로, 제주 건축 경기가 호황이라 관련 분야 경험자라면 도전해볼 만하다. 설계뿐만 아니라 현장소장, 토목, 현장 실무자까지 건축업에 경험이 있다면 제주도에서도 비교적 쉽게 일을 구할 수 있다. 지금 제주도는 이미 몇 년째 건축경기가 호황인데도 일할 사람이 부족해서 난리다. 육지에서 모셔다가 일을 하다보니 작업 진행이 더디다는 말이 끊이지 않는다. 현장에서는 "못 주머니만 차도 데려간다"는 말이 나올 정도로 일할 사람이 없다고 한다. 이런 현상은 앞으로 5년은 더 지속될 전망이라고 하는데, 과연 언제까지 계속될지는 모르겠다.

세 번째는 다양한 서비스업이다. 골프 캐디, 호텔리어, 바리스타가 대표적이다. 서비스업 힘든 거야 두말하면 잔소리지만 성격에 맞는 사람이라면 아주 못할 일도 아니다. 호텔이 너무 어려워 보인다면 만만한 게스텝(게스트하우스스텝)도 있다. 내가 아는 친구도 서귀포에서

게스텝으로 3년 가까이 일하다가 지금은 다시 서울로 돌아갔는데, 급여는 게스트하우스마다 천차만별이라고 한다. 하지만 일반 직장보다는 확실히 더 자유분방한 생활을 할 수 있기 때문에 잘 놀고 에너지 넘치는 친구들에게 추천할 만하다. 참고로 저녁에 파티가 있어 재미있는 만큼 사건 사고와 처리할 일도 많다는 걸 명심해야 한다.

이도 저도 싫은 사람에게도 최후의 보루는 있다. 바로 농사꾼이다.

그런데 농사는 정말이지 어지간한 체력으로는 하기 힘든 일이다. 솔직히 별로 추천하고 싶진 않지만, 그래도 직장에 소속되어 출근하는 게 싫고, 전문 기술도 없다면 감귤 밭에서 일하는 것도 방법이다. 요즘은 워홀가듯이 감귤 농장에서 일하는 사람이 늘어나는 추세인데, 체력 좋은 사람이라면 한 번쯤 도전해볼 만하다. 감귤 수확 철에는 하루 일당이 남자는 14만 원, 여자는 7~8만 원 선에서 지급된다고 한다. 추운 날씨에 밖에서 하는 일이라 적잖이 고생스럽겠지만 본인이 원해서 한다면 이마저도 즐거운 추억이 되지 않을까?

예전에 올레길을 걷다가 밭에 앉아서 혼자 일하고 있는 할머니를 만난 적이 있다. 그 할머니는 얼굴부터 손등까지 주름이 자글자글했다. 밭은 너무 넓어보였고, 쪼그려 앉은 할머니의 체구는 나보다도 훨씬 작고 약해 보였다. 그 모습을 보고 있자니 짠한 마음과 숙연한 마음이 교차했다. 할머니한테 다가가 앉으며 물었다.

"할머니 왜 혼자 나와서 일하고 계세요? 안 힘드세요?"

그랬더니 할머니께서 알 수 없는 말을 섞어가며 대답해주셨는데, 내가 이해한대로 풀어서 얘기하자면 할아버지는 안 계시고 자식은 제주 시내에 산다고 했다. 밭은 결코 넓은 게 아니고, 매일 조금씩 하면 금방 한다고 하셨다. 내 기준에서만 넓은 거였나 보다. 그리고 이 할머니께서 너무도 멋진 말씀을 해주셔서 기억에 남는 대로 덧붙인다.

"망치질이나 호미질이나 물질이나 힘든 일에는 다 무슨 '질'이라는 말을 붙인다. 그런데 그중에서도 제일 힘든 일이 뭔 줄 아니? 그건 바로 젓가락질이다. 왜냐하면 우리가 먹고 살려고 하는 모든 일은 다 똑같이 힘드니까."

어깨와 세월에
지고 온 것은
꽃이었더라

#잘 살고 있다는 증거

"외롭지 않아?"

가족, 선배, 친구……. 나를 아는 사람들이 걱정스레 하는 단골 멘트다. 그들의 눈에는 '나처럼 사람 좋아하는 애'가 아무 연고도 없는 제주도에 내려와 사는 일 자체가 '무리수'로 보였는지도 모른다. 애초부터 3개월, 6개월 운운하며 외로워서 금방 올라올 거라던 예측과 달리 내가 서울 올라갈 기미를 보이지 않자 의아하게 생각하기도 했다. 간혹 친구 중에는 삐친 척을 하는 애도 있었다.

"어떻게 아는 사람도 없는데 그렇게 오래 살 수가 있어?"

"나 제주도에 내 친구 뺏긴 거 같아."

"거기에서 계속 살 건 아니지?"

"서울 올라올 계획은 없어?"

그리고 결국엔 뭔가 결정타를 날리듯이 하는 말,

"외롭지 않아?"

그럼 나는 1초의 망설임도 없이, "응" 하고 대답했다.

그랬더니 친구는 "어떻게 고민도 안 하고 '응'이라고 대답할 수 있니?" 하며 섭섭한 기색을 보였다. 한편으로 생각해보면 내게 하는 질문, "외롭지 않아?"라는 말 뒤에는 '나는 네가 없어서 외로운데……' 라는 고맙고 소중한 마음이 스며 있다. 그런데 거기다 대놓고 나는 단박에 외롭지 않다고 대답하니 섭섭해하는 것도 이해가 간다. 또 다른 한편으로는 제주에서 친구도 없이 생활하는데 마음이 힘들지 않을까 싶어 그런 걱정을 우회적으로 표현한 질문이기도 했다. 근데 중요한 건, 나는 그들이 걱정할까 봐 거짓말을 하지도 않았고, 허세를 부리지도 않았다. 그냥 정말로 외롭지 않았기 때문에 주저하지 않고 대답할 수 있었다.

외로울 이유가 없으니까.

첫째, 일단 나는 혼자 살지 않는다. 내 옆에는 삶의 동반자, 귀염둥이 똥싸개 오줌싸개 베로나가 있다.

둘째, 친구는 없지만 아는 사람은 많다. 아래위로 열 살 정도는 마음 편하게 대화하는 붙임성만 있어도 충분하다. 제주도 지인들에게 "저 낯 가려요"라고 말했더니 박장대소하면서 절대 아닌 것 같다고 했다. 처음 보는 사람하고도 이렇게 말을 잘하는데 이게 무슨 낯가리는 거냐며! 하지만 정말 나는 끝까지 이 말을 덧붙이고 싶다.

"나 정말 낯가리는 성격이라니까!"

진짜 속으로는 낯 많이 가린다. 어릴 때는 내성적이고, 말도 속삭이듯이 조용하게 하고, 발표라도 시키면 말줄임표로 말을 대신하는 아이였다. 스무 살 이후로 급격한 사회화 과정을 통해 좀 바뀌었을 뿐이다. 사회생활 좀 해 본 사람이라면 누구나 이 정도 적응력과 친화력은 있는 거 아닐까? 딱 그 정도만 있어도 된다. 무인도가 아닌 이상, 사람들 만나서 말 섞다 보면 생각과 마음이 맞는 사람도 만나고 자연스럽게 친해질 테니까!

셋째, 마음이 편안하다. 이런저런 생각을 하다가 마음이 어지러워 거리 한복판을 배회하던 20대 중반 무렵의 내가 기억난다. 방송 작가로 한참 열심히 일하던 때였고, 연애도 하고 있었는데, 그냥 외로웠다. 그래서 사람을, 친구들을 자주 만났다. 허기진 마음을 채우려고. 근데 제주에 온 뒤로는 오히려 마음이 편안하다. 혼자서 바닷가에 가도 시원한 바람이 좋고, 쓸쓸하기보다는 평화롭다는 느낌이 든다. 사람을 자주 만나진 않지만, 가끔씩 만나도 부족함없는 온정을 느낀다. 그들이 나에게 진심을 나누어 주고 있다는 확신이 든다. 결코 혼자가 아님을 확인하는 순간이다. 그러니 외롭지 않다.

내가 만난 제주 사람들이 얼마나 따뜻하고 정이 많은지 얘기해 볼까? 어느 해 봄이던가, 보목동 골목길 탐방을 하다가 골목 안쪽의 작은 갈림길에서 예쁜 집을 발견했다. 옛날에는 정낭이 있었을 법한 돌담 입구에 나무 두 그루가 마주 보고 서 있는 주택이었다. 요즘 지은 빌라나 고급주택도 아니었고, 마당에 꽃이 많이 심어져 있지도 않았는데, 나는 이 집이 마음에 들어 사진을 찍고 있었다. 근데 때마침 집주인 아주머니께서 나오셔서 입구의 나무가 무슨 나무인지 설명해

주셨다. 우리는 이 집과 나무, 돌담에 대해 한참 동안 대화를 나눴다.

　내가 다시 길을 떠나려 하니, 아주머니가 잠깐 기다리라면서 집으로 들어가셨다. 그러고는 잠시 후 손에 귤을 들고 나오셨다. 5월에 수확하는 귤, 큼지막한 하귤이었다. 길 가다가 목마를 때 까먹으라면서 손에 쥐어주셨다. 비싼 것도 아니고, 귤이라는 게 제주에서는 흔하디흔하지만, 서울에서는 모르는 사람에게, 그것도 길 가다가 만난 사람에게 무언가를 주는 일 자체가 익숙하지 않은 행동 아닐까? 아주머니께 감사의 인사를 전하고 떠나는데 발걸음이 그렇게 가볍고 좋을 수 없었다.

　남녀노소 전 국민이 다 아는 제주 특산품, 귤! 근데 제주도민이라
면 귤 사서 먹는 사람이 거의 없다. 아는 사람이 귤 농사를 짓거나, 한
다리만 건너도 다 귤 농사하는 사람이 있을 정도니 말이다. 나 같은
이주민도 어느 정도 정착에 성공했다면 귤을 사 먹기보다는 "누가
줘서 집에 많다"고 말하게 된다.

김지은
2014년 12월 26일 · BlackBerry · 👥 ▼

서울에서 제주도까지 내려와 사는데 감귤 한박스 정도는 지인한테 선물 받
아서 먹었다고 해야 진짜 제주도에 좀 살았다고 말할 수 있는 거라며,
제주 친구가 선물한 특상품 감귤.
"제주에서 잘 살고 있습니다!"

채팅 (꺼짐)

　　2014년도에 내 SNS에 올린 사진과 글이다. 제주도 사람들은 '귤을
얻어먹어야 진짜 제주사람이 됐다'고 여기는 것 같다. 이 귤 한 박스
를 선물해준 친구는 서귀포에서 귤 농사짓는 부모님을 둔 덕분에 시
간만 나면 귤밭에 가서 일을 돕는다며, 허리가 정말 아프다고 하소연

하기도 했다. 그렇게 고생해서 농사지은 귤인데, 나에게까지 선물해 주다니 감동을 안 할 수가 있을까? 나는 정말 따뜻하고 좋은 사람만 만나는 걸 보니 '인복' 하나는 타고난 것 같다며 서울에 있는 친구들에게 자랑 아닌 자랑을 하기도 했다.

재작년 겨울에는 한라봉도 선물 받았는데 단순히 뭔가를 받아서 좋은 게 아니라 사연이 있어서 감동이었다. 이례적인 폭설로 농장가

서귀포김샘(휴대폰)

친정 어머니 밭 한라봉도 냉해로 인해 아직 수확을 안했어요. 그래서 서울 집 주소 알려주시면 우리 부부가 밭에 가서 따서 서울로 보내드리고 싶어요.
그러니 서울 부모님 집주소 알려주세요

그 한라봉, 맛은 조금

• 그 한라봉, 맛은 조금 없을지라도 서울부모님이 받으시면 지은씨가 제주도 생활을 이웃과 더불어 잘 지내고 있을 것이라 생각할 것 같아서요.

메시지 입력

의 피해가 막대하던 겨울이었다. 아니나 다를까 귤과 한라봉 농사를 짓는 지인의 농장에도 눈이 많이 내려 냉해를 입고 한라봉 수확을 제때 못하고 있었다. 그런데도 직접 따서 우리 부모님께 보내드리고 싶다고 했다. 그래야 제주에 혼자 사는 딸이 잘 지낸다고 생각하시지 않겠느냐는 거였다. 이러니 내가 감동을 안 받을 수 있나!

제주 사람들의 마음 씀씀이가 이렇게 깊은데, 내가 감동을 안 받으려야 안 받을 수 없다. 그야말로 폭풍감동이 몰려온다. 이토록 따뜻한 마음을 주고받으며 살아가고 있는데, 외롭지 않느냐는 질문을 받으면 어떨까?

대한민국 좁은 땅덩어리에, 언어가 다르지도 않고, 살다 보면 아는 사람도 생기고 정도 들고, 다 그렇게 사람 사이에서 살아가게 되는 것 아닐까 싶다. 이렇게 나를 생각해주는 사람들이 있는데 어디 가서 외롭다고 말하면, 그거야 말로 이들에게 미안한 일이지 않을까.

3: 이별은 쿨하게,
만남은 진하게,
생활은 제주스럽게

#소소한 일상의 변화

서귀포 감나무 집에서 산 지 한 달 정도 지났을 때의 일이다. 휴일 아침이었다. 새소리에 눈을 떴다. 집안은 고요하다 못해 적막으로 가득했고, 천장부터 이어진 사방의 하얀 벽은 창문 너머의 밝은 빛으로 반짝이고 있었다. 눈부시고 조용한 아침이었다. 침대에 누운 채로 눈만 깜빡깜빡거리고 있는데 밖에서 또 새소리가 들렸다. 학창 시절 담임 선생님이 명상하라며 틀어주던 CD에서 흘러나오던 소리와 똑같았다.

'우리나라엔 안 사는 새인 줄 알았는데.'

한 번도 본 적 없지만 소리만큼은 또렷하게 기억나는 그 새의 모습이 궁금해졌다.

포근하고 부드럽게 내 몸을 감싸고 있던 이불 대신 옷걸이에 걸려 있던 카디건을 대충 걸치고 마당으로 나갔다. 지붕을 쳐다보다가 새소리를 따라 걸음을 멈춘 곳이 바로 감나무 아래였다. 생소한 모습의 새 두 마리가 감나무 가지에 매달려 있는 감을 쪼아 먹고 있었다. 내가 그들의 식사를 지켜보는데도 새들은 인간인 나를 전혀 의식하지 않았다. 그렇게 무심한 태도로 이 가지 저 가지를 옮겨 앉아가며 때때로 노래를 부르고 한참 동안 감을 먹더니 어디론가 날아가 버렸다.

한 번 새가 눈에 들어오자 다음날, 또 그 다음날에도 새소리에 눈이 떠졌다. 그 새들은 매일 아침마다 계속 와서 노래했다.

그렇게 일주일쯤 지났을까? 다시 돌아온 어느 휴일 아침부터는 더 이상 그 새들을 만날 수 없었다. 마당에 나가 감나무 아래에 수북한 낙엽 사이로 떨어진 감을 물끄러미 바라보다가 치우지 않고 그대로 방에 들어와 앉았다. 이상한 기분이 들었다. 봄이 코앞인데 어쩐지 허전하고 쓸쓸했다. 그리고 난생 처음으로 '아, 이런 게 외로운 건가' 싶었다. 서울에 살 때는 항상 친구나 회사 동료들에게 둘러싸여 있어서 외로움을 느낄 틈조차 없었는데, 이제야 비로소 나 혼자 '외딴 섬'에 와 있다는 게 실감이 났다. 한 번 그런 마음이 들기 시작하니까 계속 아쉬운 생각이 떠올랐다.

'이렇게 날씨 좋은 휴일인데……. 이제 나한테 홍대 브런치는 상상

도 할 수 없는 일이구나.'

한껏 홀쭉해진 마음에 그 당시 나의 유일한 제주살이 지지자인 서윤 언니에게 전화를 걸어 때 아닌 심경고백을 했다. 그랬더니 언니가 하는 말,

"얘가 배부른 소리 하고 있네! 그 시간에 홍대까지 나가서 브런치 먹으려면 씻고 뭐하고 귀찮아서 나갈까 말까 해. 서울 살 때 브런치 몇 번이나 먹었다고 그래? 오히려 거기서는 마음만 먹으면 바다 보면서 브런치 먹겠구먼."

역시 언니는 나의 지인답게 막힘 한 번 없이 시원하게 말을 뽑아냈다. 사실 여부를 논하거나 일일이 반박할 수도 없을 만큼 구구절절 옳은 소리 같았다. 그런 언니가, 이런 말을 해주는 언니가 한없이 고마웠다. 덕분에 다시 현실로 돌아왔다.

그따위 브런치 먹어도 그만 안 먹어도 그만이지, 뭐가 그리 대단한 일이라고 유난을 떨었을까 싶은 생각마저 들었다. 사실 휴일 아침은 피곤에 절어서 밀린 잠을 자기에도 부족하지 않았나? 나는 확실히 서울에서보다 덜 피곤한 삶을 살고 있고, 휴일 아침에도 저절로 '눈이 떠지는' 놀라운 변화를 맞았다. 그만큼 '내 시간'이 늘어났고, 나는 그 시간을 어떻게 쓸지 몰라 불안하고 조바심이 났던 것 같다.

언니와 전화를 끊고 잠시 동안 진짜 명상을 했다. 그리고 내가 제주에 온 후로 달라진 삶의 조각들을 하나씩 떠올려보았다. 의외로 소

소하고 다양한 면에서 많은 것이 달라져 있었다.

- 주민등록 소재지가 제주특별자치도로 변경되었다.
- 관광지에서 제주도민 할인을 받는다.
- 영화 보는 횟수가 줄었다.
- 휴일 아침에도 잘 일어난다.
- 가방을 안 들고 다니는 날이 많아졌다.
- 그동안 옷을 한 벌도 사지 않았다.
- 민낯으로 외출해도 부끄럽지 않다.
- 재래시장에서 장을 본다.
- 바람 때문에 추위를 많이 느낀다.
- 암호 같던 버스시간표를 읽을 수 있다.
- 책 좀 읽어야겠다는 생각이 들었다.
- 배달음식을 일체 먹지 않았다.
- 딱새우 쉽게 먹는 방법을 알았다.
- 택배 주문을 거의 하지 않는다.
- 걸어 다니는 시간, 산책 시간이 늘어났다.
- 동네 할머니와 인사하는 사이가 되었다.

이 일을 계기로 제주에서의 내 일상과 시간을 더 소중하게 여기게 되었다. 이러한 변화만으로 내가 '제주도민화' 되었다고 말하기는 어렵지만, 적어도 '서울 여자'나 '서울 깍쟁이'처럼 나를 대변하는 듯하던 '도시적인' 것과 점점 멀어지고 있다는 느낌은 들었다. 이는 내가 제주의 삶에 잘 적응하고 있다는 방증이기도 하다. 여기까지 생각이 미치자 내 불안은 다시 확신으로 바뀌었고, 내 마음은 이제까지와는 또 다른 행복으로 차오르기 시작했다.

어디서나, 어디까지나―
역시, 마음먹기 나름이다.

갑자기 나의 제주 생활이 더 소중해졌다. 휴일 하루도 더 행복하고 의미 있게 보내고 싶어졌다. 그래서 나는 이때부터 '나를 위한 소풍'을 다니기 시작했다. 간단하게 소풍 도시락을 싸가지고 나가서 한참 돌아다니다가 예쁜 바다가 보이면 그 앞에 앉아 도시락을 까먹곤 했다. 문득 나를 불안하게 만든 '휴일의 홍대 브런치'보다 '음식의 멋'은 없을지라도 내 앞에 놓인 '바다 풍경'은 내가 만든 '정체불명 도시락' 조차도 맛있고 낭만적으로 느껴지게 만드는 힘을 갖고 있었다.
얼마나 어렵게 내려온 제주인데, 내가 서울을 등지고 대신 얻은 것들에 감사하지 못한다면 얼마나 불행할까? 일상의 모든 일에 만족할 수는 없지만, 우리 주변에는 충분히 감동적이고 행복해할 만한 무

언가가 많다. 돌아보고 또 살펴보며, 그렇게 '지금' 행복하자고, 한 번
더 되뇌어본다.

#굿바이, 별다방

제주에 오면서 본업을 정리했기 때문에 스타벅스에서 버는 돈이 내 수입의 전부였다. 수입은 크게 줄었지만 별다른 문제없이 생활이 가능했다. 물론, 집을 얻을 때 들어간 '연세'는 정착금으로 준비해온 일종의 쌈짓돈으로 치른 덕분에 매달 월세를 내지 않아서 가능한 일이었다. 넉넉한 살림은 아니었지만, 남들처럼 삼시세끼 먹고사는 데 아무런 지장이 없었다.

그런데 점점 시간이 지날수록 내가 하고 있는 일에 회의가 들기 시작했다. 사회생활을 경험해 본 사람이라면 누구나 이 회의감이 얼마나 큰 변화를 가져오는지 공감할 것이다. 일에 대한 만족도와 함께 내 행복지수는 급격하게 추락하고 말았다. 물론 제주에서의 삶을 지속하려면 꾸준한 수입원이 되어줄 일터도 필요하지만, '이대로는 안 되겠다' 싶었다. 그래서 결국 나는 제주에 온 지 1년 남짓 되었을 무렵 스타벅스를 그만두고 말았다.

일을 그만두는 게 남들이 생각할 땐 그저 철없는 행동으로 보일 수도 있지만, 막상 자기 일이 되면 이게 얼마나 큰 변화인지 느낄 수 있다. 돈 버느라 빼앗긴 내 시간을 되찾은 느낌이랄까. 물론 돈도 벌어야겠지만, 나는 어디까지나 돈 벌려고 제주에 온 게 아니라 제주에서 행복하려고 일도 하는 거니까 말이다.

하지만 그 '행복'을 느끼는 조건은 사람마다 다르다. 지금도 스타벅스에 일하는 수많은 파트너가 있고, 그 중에는 분명 일 자체가 즐겁고 행복한 사람도 있을 거라고 믿는다. 나도 예전엔 즐거웠으니까. 그런데 몇 가지 이유가 내 행복지수를 끌어내렸고, 다른 선택의 여지가 없었다.

첫 번째 이유는 관광지인 제주에서의 감정노동이 서울에서보다 두 배는 더 힘들었기 때문이다.

별다방에 대한 손님들의 기대치는 매우 높다. "스타벅스가 이것밖에 안 돼요?"라는 말도 심심치 않게 들린다. 손님이 아무리 반말 찍찍 해대며 까다롭게 굴어도, 계산대에서 손님이 카드나 돈을 던져도, 그냥 웃으면서, "네 고객님, 더 필요한 건 없으세요?"라고 말해야 하는 게 바로 서비스업이다. 고객과 싸울 게 아니라면, 회사에서 요구하는 서비스 정책을 따라야지 않겠는가?

더욱이 스타벅스 서비스의 핵심은 "Just Say, Yes!"다. 제주도의 어떤 매장에서 고객이 컴플레인을 제기하며 바리스타에게 뜨거운 물을 뿌린 사건이 있었다. 극단적인 예지만, 이런 일이 생겼을 때조차도 고객에게 먼저 사과해야 한다는 말이다. 나와 직접 아는 사람이 아니라 자세한 정황은 알 수 없지만, 이 직원은 사비로 병원에 다니다 얼마 지나지 않아 그만두었다고 한다. 보통 사람들은 잘 모르겠지만 의외로 비상식적인 요구나 행동을 하는 사람이 많다. 그런데 여기에 더해 중국 관광객까지 상대하며 감정노동자로 산다는 건 정말 어렵고 힘든 일이었다.

두 번째 이유는 불규칙한 업무 스케줄 때문이었다.

스타벅스는 주간 근무자와 야간 근무자가 나뉘어 있지 않고 매주 스케줄이 바뀐다. 게다가 일주일은 오픈하고, 그 다음 주는 마감하고 이런 식이 아니라 하루 단위로 다른 근무시간대에 배정될 수도 있다. 그렇기 때문에 강좌를 듣거나 고정적인 스케줄을 소화할 수 없는 시스템이다. 상황에 따라 스케줄이 변경될 수도 있고, 마감 근무 후에 바로 다음 날 오픈으로 출근해야 하는 경우도 있다. 흔히 '마오'라고 부르는데, 밤 열두 시에 퇴근해서 다음날 여섯 시나 일곱 시에 출근해야 하는 스케줄이다.

근무 스케줄이 이랬다저랬다 하니 자연히 생활리듬도 뒤죽박죽이 되어갔다. 마감 근무를 하고 나면 다음 날은 아침 늦게까지 잠을 잘 수밖에 없다. 마감-휴무-오픈으로 스케줄이 이어지는 경우에는 쉬는 날 아침 늦게 일어나서 어디 놀러 갔다 오기도 부담스럽다. 다음 날 아침 일찍 출근하려면 일찍 자야 하니까. 계속해서 바뀌는 스케줄 때문이라고는 하지만, 돌아보니 내 시간을 '내 시간답게' 쓰지 못 한다는 것도 일에 대한 만족도가 떨어진 원인이었다.

마지막 이유는 주객이 바뀐 생활을 계속할 이유가 없었기 때문이다. 이게 가장 큰 이유였다.

스타벅스 파트너는 내가 제주에 오려고 선택한 일이었다. 그런데 어느 순간, '일하려고 사는 것 같다'는 느낌이 들었다. 불규칙한 일 때문에 나의 여가를 포기하고 있었고, 제주에서의 삶을 충분히 즐기지 못하고 있는 것 같았다. 이때서야 주객이 바뀐 것을 깨달았다. 더 행복하려고 온 제주 아닌가?

다시 행복해지고자, 나는 나 자신에게 집중했다. 내 인생관에 맞게 살려면 무엇을 하는 게 좋을지, 지금 내게 필요한 것은 무엇인지 고민했다. 그리고 내 결핍을 해소해 줄 수 있는 무언가를 찾았다.

그것은 바로, 문화예술이었다. 제주에 온 뒤로 나는 문화생활에서 너무 멀어져 있었다. 그래서인지 나는 서울에 갈 때마다 사람을 만나는 틈틈이 문화공간을 찾았다. 제주에서는 볼 수 없는 홍대 거리공연(서울 살 때는 소중함을 몰랐다)도 즐거운 마음으로 보고, 공항에 가기 전 한두 시간의 여유시간을 이용해서 미술관을 방문하기도 했다. 나에게는 사막에서 오아시스 찾듯이 문화적인 갈증을 해소하고 싶은 욕구가 있었던 것이다.

미처 몰랐다. 문화생활과 동떨어진 생활을 지속하기엔 내가 문화예술을 너무 좋아하는 사람이라는 걸. 그래서 나는 한두 달 정도의 공백기를 가지면서 문화예술단체 일자리를 구했다. 그러나 대부분의 회사가 제주시에 있었다. 서귀포에서 제주시는 차로 한 시간 정도 소요되지만, 한라산을 넘어가는 길이라 서울 지하철 한 시간보다 훨씬 더 먼 느낌이다. 그래서 제주도민들도 서귀포와 제주시를 오가며 출퇴근하는 건 흔치 않은 일로 여긴다. 버스 시간 맞춰가며 출퇴근할 자신이 없었다. 그리고 무엇보다, 회사가 가까워야 그만큼 여가시간도 길어진다. 잘은 모르지만 문화생활을 즐길 수 있는 환경도 서귀포시보다는 더 좋을 것 같았다. 따지고 보면 이렇게 여러 가지 이유가 있었지만, 나는 단순하고 쉽게 생각했다. 그러고는 신구간도 아닌 6월에 집을 구해 제주시로 이사했다.

제주 시내로 이사 온 뒤로는 확실히 문화생활을 좀 더 많이 즐긴다. 제주아트센터나 문예회관도 부담 없이 다닐 수 있을 만한 거리에 있고, 곳곳에 있는 갤러리, 복합 문화공간을 지향하는 카페도 찾았다. 문화예술단체에서 일하다 보니 관련 행사 정보도 더 쉽게 접할 수 있어 나는 이전보다 확실히 더 행복한 생활을 누릴 수 있게 됐다.

물론 지역사회에서 하는 문화예술 공연이나 전시가 다소 허술하고 부족해 보일 때도 있다. 서울에서 열리는 기획공연이나 서양의 명화 초대전 같은 특별전을 볼 수 없다는 아쉬움은 늘 존재한다. 하지만 오랫동안 굶주렸던 문화예술과 가까워진 것만으로도 원시인에서 문명인이 된 듯 큰 감동이 밀려왔다.

'아! 역시 사람은 문화생활을 해야 하는구나!'

하지만 얻는 것이 있으면 또 잃는 것도 생기는 게 세상 이치라고 했던가? 때때로 야근과 휴일 업무를 해야 한다는 복병과도 같은 단점이 새롭게 등장했다. 하지만 다행히, 아직까지는 적당한 선에서 균형을 잡으며 제주도의 평범한 2030 청년들처럼 잘 살아가고 있다. 만약 내 안에서 답을 찾지 못했다면 나는 지금 제주도에 없었을지도 모른다는 생각이 든다. 그 답답함을 견디지 못했을 거고, 나에게 맞는 일을 구하지 못해 다시 서울로 올라갔을지도 모를 일이다. 나는 이런 과정을 통해 내가 무엇을 견딜 수 있고, 또 무엇을 견딜 수 없어 하는지 다시 한 번 깨달았다. 일단 부딪쳐보지 않았다면 과연 내가 이를 알 수 있었을까? 그래서 이번엔 이렇게 외치고 싶다.

갈까 말까 할 땐 가고,
긴가민가 할 땐 일단 부딪혀보자!

#우리, 같이 살까?

제주에 내려온 지 석 달쯤 지났을 때의 일이다. 3개월만에 처음으로 서울에 다녀왔는데, 가족이나 친구를 만나러 간 게 아니었다. 1박 2일이라는 짧은 일정 동안의 유일한 목적지는 바로 경기도 연천. 제주도에서 서울 찍고, 경기도 끝에 있는 연천까지 가는 데만도 꽤 오랜 시간이 걸렸다.

그렇게 힘들게 도착한 곳은 사설로 운영되는 유기견 보호소다. 내가 굳이 이렇게 먼 곳까지 찾아간 이유는 서윤 언니의 권유 때문이다. 서윤 언니는 동물병원의 간호사로 일하면서 유기 동물보호 활동과 자원봉사까지 할 정도로 동물에 대한 관심과 사랑이 흘러넘치는 사람이다.

"제주에서 혼자 사는데 외롭지 않아? 강아지 한 마리 입양할래?"

"제주에서 혼자 사는데 무섭지 않아? 든든하게 강아지 한 마리 키워볼래?"

언니는 나랑 통화할 때마다 물었다.

그러던 어느 날, 결국 언니를 따라나선 거다. 이때 언니랑 알고 지내는 분의 도움을 많이 받았는데, 나중에 알고 보니 동물사랑실천협

회 박현지 경기지부장님이었다. 아무튼 이렇게 셋이서 함께 보호소에 갔는데, 그분의 말에 따르면 여기는 비교적 관리가 잘되고 있는 보호소라고 했다. 마침 우리가 도착한 때가 밥을 줘야 할 시간이라 그 일을 셋이서 함께 돕기로 했다.

그런데 사료 포대와 밥그릇을 들고 안으로 들어가자마자 나는 정말 소스라치게 놀랐다. 태어나서 그렇게 많은 개를 한꺼번에 본 것도 처음 있는 일인데, 그 개들이 한꺼번에 짖는 소리에 기가 눌리고 마음이 위축되는 느낌이었다. 이런 환경을 낯설어하는 사람이 그 셋 중에 나 혼자였다는 게 나를 더 작아지게 만들었다. '이렇게 많은 유기견은 누구의 책임일까?' 생각하니 마음이 무거웠다.

무서울 정도로 많은 개 중에서 한 마리를 선택한다는 건 정말 어려운 문제였다.

"언니, 잘 모르겠어. 너무 많아서 눈에 안 들어와."

그랬더니 언니가 나에게 어울리는 개를 몇 마리 추천해주었다. 그리고 그중에서 서너 마리를 후보로 두고 한 마리씩 산책을 시켜보았다. 리드 줄에 익숙하지 않아서인지, 아니면 내가 싫은 건지 산책을 하는 동안 불편한 듯한 행동을 보이는 개도 있었다. 그렇게 어렵사리 산책을 마치고, 나는 그중에서 한 마리를 데려가기로 결정했다.

산책을 나서기 전부터 힘들었다. 목줄을 할 때도 가만히 있지 않았고, 꼬리는 잔뜩 밑으로 내리고, 온 힘을 다해 산책을 거부했다. 결국

엔 정신없이 우왕좌왕 나를 끌고 다니는 통에 산책도 제대로 못했다.
그래서인지 나는 오히려 계속 마음이 끌렸다.

내가 이 아이를 데려가겠다고 하자, 되레 옆에 있던 서윤 언니가
걱정스럽다는 듯이 물었다.

"너한테 좀 버거워 보이는데, 진짜 괜찮겠어?"

"응. 난 얘가 제일 마음에 들어."

그러자 언니와 박현지 지부장님이 녀석의 나이나 건강상태를 살펴봐주고, 보호소를 관리하시는 소장님과 나머지 절차를 함께 진행했다.

보호소를 떠나기 전에 이 아이의 이름을 뭐라고 지을지 의논했는데, 나는 단번에 '베로나'라고 지었다. 로미오와 줄리엣의 배경이 되었다는 이탈리아의 도시 이름이자 그 당시 내가 가장 좋아하던 스타벅스 원두 이름이기도 하다. 간혹 주변에서 이 녀석의 출신(?)에 비해 이름이 너무 럭셔리하지 않냐고 말하는 사람도 있다. 사실 그래서 더더욱 이국적이고 예쁜 이름을 지어주고 싶었다.

제주로 돌아올 때 베로나와 함께 오지는 못했다. 이것 역시 서윤 언니의 배려였다. 언니는 베로나를 언니가 일하는 병원에 데려가서 건강검진, 중성화 수술, 마이크로칩 이식까지 해줬다. 그리고 회복기간을 거친 뒤에 직접 비행기에 태워서 제주까지 데리고 와줬다. 베로나는 작은 강아지 세 마리 무게, 무려 10킬로그램이 나간다.

수술하고 병원에 있을 때 언니가 찍어서 보내준 사진이다. 베로나 표정이 너무 가여워서 눈물이 날 것 같았다. 이때 언니가 엄청나게 잘 챙겨줬다고 하는데, 아무래도 요즘 하는 행동을 봐서는 까마득하게 다 잊어버린 것 같다.

제주도에 온 지 얼마 안 된 베로나는 나와 서먹서먹해 가까이 오지도 않고, 멀리 떨어져서 시큰둥한 표정으로 쳐다보기만 했다. 다가가면 침대 밑으로 휙 들어가 버렸다. 그러더니 거의 2주 동안은 내가 외출해 있는 동안에만 나와서 사료 먹고 응가하고, 내가 집에 오면 침대 밑에서 내 눈치를 보며 잘 나오지 않았다. 베로나가 침대 밖으로 나온 뒤에도 경계심을 완전히 해제하고 친해지기까지는 정말 많은 노력이 필요했다.

일단 친해지고 났더니 베로나 이 녀석은 아주 애교쟁이가 되었다. 비록 여전히 겁이 많고 소심하지만 그래도 조금씩 극복해나가는 모습을 볼 때마다 가슴 깊은 곳에서 감동의 쓰나미가 몰려오곤 한다.

비록 부유하게 키우진 못하지만, 그래도 베로나가 행복했으면 좋겠다. 아마 우리 부모님 마음도 이런 내 마음과 비슷하지 않을까? 아이도 없는데 베로나 덕분에 부모님 마음까지 이해할 것 같다.

#제주에서 반려견을 키운다는 것

보슬비가 내리던 어느 날이었다. 집 앞 길가에서 택시를 기다리고 있었다. 잠시 후 택시가 내 앞에 멈춰 섰다.

"아저씨, 개 데리고 동물병원 갈 건데 이동장에……"

내 말을 끝까지 듣지도 않았다.

"에이, 개는 안돼요."

"이동장에 넣었는데도 안돼요?"

이번에는 짜증난다는 투로 손사래 치며 말했다.

"아, 그래도 안돼요. 안돼."

막무가내로 거절하더니 슝 하고 가버렸다.

승차거부였다. 연달아 네 대의 택시가 "개는 안돼요"라는 말을 남기고 달아났다. 처음엔 괜찮았는데, 몇 번 반복되니까 짜증도 나고 화도 났다. 현행 법률상 개를 이동장에 넣었는데도 탑승을 거부하는 건 부당한 승차거부 행위다. 난 그런 거 알 바 없다는 듯 승차거부를 하고 달아나는 택시 아저씨들이 얄미웠다.

'확 신고해 버릴까보다!'

그런 마음으로 다음 택시를 잡았는데, 여자 기사님이 흔쾌히 타라고 하셔서 도리어 고마운 마음이 들었다.

"○○동물병원이요."

"어디가 아파서 가는 거예요?"

"아, 정기접종 주사 맞으러 가는 날인데 택시가 안 잡혀서 고생했어요."

"택시 많은데 왜요?"

"개는 안 태운다고 승차거부 당했어요."

"아직도 그런 사람이 많나보네. 그러면 안 되는데. 케이지에 넣어도 싫어하는 사람들은 안 태운다고 하더라고요"

이 기사님은 자기도 개를 키운다며, 다음에 또 개 데리고 어디 갈때 필요하면 직접 연락하라고 했다. 개랑 같이 탄다는 이유로 이렇게까지 해야 되나 싶기도 했지만 친절한 기사님 덕분에 승차거부 당하는 스트레스를 피할 수 있게 되었으니 그것만으로도 다행이라고 생각했다. 베로나 전용 콜택시가 생긴 셈이다.

반려동물과 함께 사는 가구가 천만이라고 하는 요즘, 나처럼 반려견과 함께 제주 생활을 꿈꾸는 사람도 있을 것이다. 물론 좋은 점도 많지만 아직까지 제주에는 반려동물을 위한 의료 환경이나 인프라가 부족한 게 현실이라 뜻밖의 어려움도 있다는 걸 간과해서는 안 된다.

서울처럼 동물병원이 많지도 않거니와, 대부분의 동물병원이 제주 시내에 있어 동물병원 선택지가 정해져 있는 거나 다름없을 정도다. 서울처럼 24시간 문을 여는 곳은 아예 없고, 수술실을 제대로 갖춘 병원도 손에 꼽는다.

내가 다니는 병원도 그나마 괜찮다고 알려진 곳이지만 의료장비가 갖춰지지 않아 답답했던 경험이 있다. 어디에 이상이 있는지 알아보려고 샘플을 채취했는데 그걸 분석할 장비가 없어서 서울의 다른 병원에 의뢰해야만 결과를 알 수 있었다. 혹시 응급상황이라도 생긴다면 어떨지 생각하니 앞이 캄캄했다. 제발 그런 일이 생기지 않기를 바랄뿐이다.

병원만 적은 게 아니라 호텔링이 가능한 곳도 몇 군데밖에 없어 연휴 때는 예약시기를 조금만 놓쳐도 맡길 곳을 찾지 못해 난처한 상황에 처할 수도 있다. 내가 친한 언니한테 전화할 때마다 농담 삼아 제주 내려와서 강아지 호텔 하나 차리라고 하는데, 진짜 차리기만 하면 손님이 줄을 서겠다는 생각이 들 정도로 강아지 맡길 곳이 없다. 출장을 자주 다니는 사람이라면 한 번쯤 고민해봐야 할 부분이다. 그래도 이런 것을 제외하면 제주의 자연과 반려견이 함께 하는 생활은 더할 나위 없이 좋다.

추천할 만한 동물병원&호텔

병원&호텔명	특징	주소	연락처
튼튼동물병원	연중무휴. 공식 진료시간이 가장 긴 제주시내 동물병원. 의사 세 명이 진료를 보는데 전반적으로 친절한 편이다. 호텔링 서비스로 산책을 시켜주며, 고양이 전용 호텔도 있다.	제주시 중앙로 351	064-757-7582
퍼피홀릭	친절하고 깨끗한 애견호텔. 낮에는 뛰어놀도록 풀어주고 밤에만 개별 취침 시키며, 일반적인 호텔장이 아니라 공간이 넓다. 동영상을 보내주고 이용시간에 따라 유치원 요금으로 할인된다.	제주시 승천로 81	064-724-3690
제주리더스 동물병원	토요일까지 진료하는 병원. 친절한 편이고 호텔링 서비스로 산책을 시켜주며, 동영상을 보내준다. 고양이 전용 호텔도 있다.	제주시 노연로 131	064-749-7533
애견카페 왈	애견호텔과 펜션을 겸하고 있는데, 애견카페로 유명하다. 넓은 마당이 있고 일주일 이상 맡기면 목욕 서비스를 해주며, 서귀포 시내권에서는 픽업 서비스를 예약할 수 있다.	서귀포시 남원읍남태안로 279-4	010-2468-7217
다솜동물병원	서귀포 시내 병원 중 가장 친절한 곳. 흔히 말하는 과잉진료를 하지 않고, 중~대형견 호텔링이 가능하다.	서귀포시 동문로 13	064-763-7585
조은동물병원	서귀포 시내에 있는 동물병원. 다솜과 함께 서귀포 내 인기 병원이다. 규모는 작지만 호텔링도 가능하고 친절한 편이다.	서귀포시 동문로 40	064-762-0243
정든동물병원	서귀포 신시가지쪽에 있는 동물병원. 토요일에도 진료를 하지만 일요일과 공휴일에는 칼같이 쉰다. 생긴 지 얼마 되지 않아 시설이 깨끗하다.	서귀포시 신서로 48번길 31	064-738-7975

#제주의 아이들

나는 아기를 정말 좋아한다. 덕분에 얼마 전 벚꽃축제 기간에 (본의 아니게) 웃지 못할 에피소드도 하나 생겼다.

벚꽃이 흩날리던 4월 초의 어느 날 저녁이었다. 즐거운 마음으로 칼퇴를 하고 집으로 가던 중, 우연찮게도 유모차를 끌고 산책하는 부부를 발견했다(어쩌면 내가 매의 눈으로 찾아낸 건지도 모른다). 유모차 안에는 작고 귀여운 남자아이가 타고 있었다.

'아, 귀엽다.'

속으로 생각하면서 가던 걸음을 재촉했다. 이쯤에서 이야기가 끝났다면 참 평범하고 좋았을 텐데, 나는 어느 순간 다시 왔던 길을 되돌아가서 아이 부모에게 말을 걸고 말았다.

"아기가 정~말 귀여워요. 몇 개월 됐어요?"

"이제 6개월이요." 아이 엄마가 밝게 웃으며 화답했다.

"어머~, 눈도 너무 예뻐요. 애기가 낯도 안 가리나 봐요." 아이의 까만 눈이 가로등 조명에 더욱 반짝였다.

"원래 낯 많이 가리는데 밖에 나와서 그런가 봐요."

"6개월이면 이 아이한테는 첫 번째 꽃구경이겠네요. 제가 가족사진 찍어드릴게요."

부탁받지도 않았는데 무슨 마음에서인지 내가 먼저 나서서 사진을 찍어주었다. 아이 아빠가 아이를 번쩍 안아 들고, 아이 엄마는 바로 옆에 서서 더없이 행복한 표정을 지었다. 사진이 만족스럽게 나왔는지 부부가 핸드폰을 받아들며 내게 인사를 건넸다.

"고맙습니다."

"아니에요. 아이한테는 생애 처음인데······. 나중에 기념하면 좋을 것 같아서요."

말을 뱉어놓고 보니, 내가 사진 찍어줘 놓고 너무 의미부여를 하는 건가 싶은 마음도 들고, 인사를 받는 게 겸연쩍고 민망하기도 해서 황급히 가던 길을 재촉했다. 저녁 바람이 제법 쌀쌀했는데도 집에 도착할 때까지 훈훈한 기운이 여운처럼 남아있었다.

그러고보니 바로 일주일 전에는 서울에서 친한 언니네 가족이 놀러왔다. 아쉽게도 평일에 여행을 와서 오랜 시간을 함께 하지는 못했다. 마지막 날에는 점심시간에 짬을 내어 함께 식사하는 것으로 작별 인사를 대신했다. 그리고 나는 여느 때처럼 일을 마치고 집으로 돌아왔다.

우다다다다~.

문을 열자마자 달려 나와 나를 반겨주는 베로나가 신나게 엉덩이를 흔들어댔다. 나는 평소와 마찬가지로 외투만 겨우 걸어놓고 "우쭈쭈~ 아이고 예뻐라~"를 백 번쯤 남발하며 일명 '쓰담쓰담' 시간을 가졌다. 베로나가 진정되고 나자 불현듯 깔끔하게 정리정돈된 집 곳곳에서 왠지 모를 이질감과 낯선 느낌이 들었다.

'아…… 이거구나!'

그 이유를 알아채기까지는 그리 오랜 시간이 필요하지 않았다.

다섯 살 어린아이가 품고 있던 존재감이 사라진 탓이었다.

그 즉시 언니에게 전화를 걸려고 휴대폰을 찾았는데, 때마침 언니로부터 '서울에 잘 도착했다'는 문자메시지가 와 있었다. 성격 급한 나는 답장 대신 통화 버튼을 눌렀다. 언니와 잠깐 동안 대화를 나누고, 이어서 다섯 살 이시현 어린이와 정담을 나누었다. 시현이는 전화를 끊기 전에 마지막으로 "지은이 이모~, 사랑해요"라고 심쿵 멘트를 날렸다. 그제야 나는 전화를 건 목적을 달성한 기분이었다. 어마어마한 존재감을 우리 집에 흩뿌려놓고 떠난 이 아이의 목소리가 듣고 싶어서 전화를 걸었나보다.

"제주도 내려와서 애 키우고 살면 진짜 좋겠다."

언니네 부부도 언젠가는 제주에 내려와서 살고 싶다며 입버릇처럼 말한다. 특히 낚시가 취미인 형부에게는 그야말로 제주에 사는 게 꿈이라고 하는데, 아무래도 혼자가 아니라 온 가족이 함께 내려오려면 여러 가지 걸림돌이 많다보니 구체적인 계획은 없고 마음만 제주에 얹어놓고 있다. 그렇다면 제주도는 아이 키우기에 좋은 곳일까?

내가 아이들을 가장 많이 목격하는 장소는 뜻밖에도 동네 놀이터다. 제주에 온 지 얼마 안 됐을 때는 놀이터에 나와 있는 애들이 너무 많아서 신기했다. 서울에서는 '뛰어노는 아이들'을 찾아보는 게 어렵기 때문에 극과 극으로 대비되는 이 아이들의 모습을 보며 '이렇게

놀아도 되는 걸까?' 하는 노파심마저 들었다. 동네 놀이터에서 노는
아이들이 셀 수 없이 많았다. 게다가 놀이터에는 엄마 세대, 할머니
세대까지 다양한 사람들이 어우러져 있어 나를 놀라게 했다. 서울에
서만 살던 내게 이런 모습은 정말 생경한 풍경이 아닐 수 없었다.

　이 아이들, 이렇게 놀아도 괜찮은 걸까?

　정말 제주도는 아이 키우기 좋은 곳일까?

　나는 미혼이고, 당연히 육아 경험도 없다. 그래서 부모의 입장에서
답을 주기는 어렵다. 하지만 '아이 키우기 좋은 곳'이라는 저 말 자체
에는 상당한 오류가 숨어 있다고 생각한다. 얼핏 보기에는 '아이에게

좋은 환경'이라는 말처럼 보이지만, 실은 '키우는 당사자'인 부모의 입장에서 선택된 말이다. 그렇다면 궁극적으로 아이에게 좋은 곳은 어떤 곳일까?

따지고 보면 학군 좋은 곳이 아이의 행복한 미래를 보장하진 않는다. 아이들이 살고 싶은 곳은 아이들에게 물어봐야 하겠지만, 우리 아이들에게 그런 선택권은 없다. 제주에서 태어난 아이들도 선택은 부모의 몫이다. 교육 때문에 서울로 가는 경우도 있으니까.

나는 종종 제주에서 자란 아이들에게 부러움을 느꼈다. 광활한 바다와 탁 트인 하늘, 대자연의 신비로운 생명력을 간직한 곳자왈과 수백여 개의 오름까지, 제주의 자연을 배경 삼아 뛰어놀았을 그들의 어린 시절 추억이 탐났다. (이런 곳에서 자랐다면 나도 더 문학적이고 아름다운 글을 쓰는 명문장가가 되었을까?)

놀이터 풍경에서 알 수 있듯이, 제주의 아이들은 비교적 자유롭다. 강남 아이들처럼 '학원 뺑뺑이'에 시달리는 일은 많지 않은 것 같다. 아이가 공부하고 싶어 하면 학원에 보내지만, 그렇지 않으면 굳이 시키지 않는다는 부모들을 많이 보았다. 또 반대로 아이를 국제학교에 보낸다는 사람도 만난 적이 있는데, 어지간한 경제력으로는 명함도 못 내민다며 학비 때문에 등골이 휜다고 했다. 그런데도 허리띠 졸라매고 포기 못하는 이유는 이 글을 읽는 사람 모두가 짐작할 수 있으리라.

제주도라고 해서 꼭 교육 환경이 나쁜 건 아니고, 놀이터의 아이들처럼 모든 아이들이 전부 다 학원으로부터 자유롭지도 않다. 한마디로 요약하면 어디까지나 '부모 하기 나름'이다. 앞에서도 말했듯이 아이들의 시간은 결코 그들의 의지나 선택에 따라 결정되지 않고 전적으로 부모의 허락과 통제 안에서만 주어지니 말이다.

그래도 제주가 도시보다 낫다고 생각하는 이유가 있다. 학교에 들어가면 단체로 소풍을 가거나 교외 탐구활동을 하는 경우가 종종 있다. 이럴 때 제주도의 아이들은 곶자왈이나 바다, 돌문화공원이나 해녀박물관 같은 곳을 간다. 나는 서울에서 태어나 초등학교 6년 내내 관악산만 갔고, 중고등학교 때에는 롯데월드나 에버랜드에 가는 게 고작이었다. 몸이 허약해 멀미도 잘 하고 놀이기구도 잘 타지 못하는 편이라 놀이공원에 간다고 해도 별로 좋아하지 않았던 기억이 난다.

하지만 이 아이들이 언제까지 마음 편하게 학교에 다닐 수 있을까? 제주에는 서울엔 없는 고교 입시가 하나 더 있다. 일반적으로 '연합고사'라고 말하는 그것 말이다. 그래서 제주도에서는 중학교 때 성적이 매우 중요하고, 중학교 때부터 공부를 잘해야 지역에서 손에 꼽히는 명문 고등학교에 입학할 수 있다. 심지어는 고등학교 입시에서 탈락하는 학생도 생긴다. 재작년에는 무려 179명이 떨어졌다고 한다. 이런 이유 때문인지는 정확하지 않지만, 제주도에 학업포기자가 많다는 신문기사를 본 적도 있다. 학업포기자라니? 이런 단어는 생전 처음 접해서 여러 번 곱씹어본 기억이 난다.

제주도는 고등학교 입시제도의 영향 때문에 아무리 늦어도 초등학교 고학년부터는 본격적으로 사교육이 시작된다고 한다. 물론 유치원 때부터 학원 투어를 시작하는 강남 아이들에 비하면 엄청나게 늦은 거겠지만, 아이들의 스트레스는 만만치 않을 듯하다. 그동안 제주 지역에서는 학업포기자를 양산하는 고등학교 입시가 문제로 지적되어와 다행히 내년부터는 고교 입시제도가 폐지된다고 한다. 그러니, 부모가 적당한 선에서 밸런스를 맞출 수만 있다면 더할 나위 없이 행복한 학창 시절을 만들 수 있는 곳이 제주도라고 생각한다.

서귀포 시내버스 100번을 타고 가다가 서귀포의 명문인 '서귀여고' 학생들이 버스에 탄 적이 있었다. 이미 빈자리가 없는 상태에서 버스에 탄 할 말 많은 여고생들은 나란히 서서 수다를 떨었다. 버스가 출발한 후, 기사님의 안내 방송이 시작되었다.

"서귀여고 학생들~ 손잡이 잡으세요."

"네~."

학생들이 떼창하듯 한 목소리로 대답했다.

"그리고 조용히 하세요."

"네~."

똑같이 대답하더니 버스 안이 순식간에 조용해졌다.

아— 정말, 이 경험은 그야말로 신세계였다고나 할까? 요즘 서울에서 고등학생한테 훈계하는 일반인 본 적 있는가? 공공장소에서 시끄럽게 떠든다고 한 마디 하는 어른을 찾기가 힘들 정도인데, 요즘 같은 세상에 이렇게 말 잘 듣는 학생들이 있다니. 타임머신을 타고 과거로 돌아간 듯 신선한 충격이었다.

내 눈에 제주도 학생이 서울의 학생들보다 행복해 보이는 이유는 이런 모습도 한몫한다. '쉬는 시간에도 앉아서 공부만 한다'는 서울의 어느 학교 풍경과 달리, 점심시간에 학교 근처 벚꽃길에 나와 사진을 찍고 추억을 만드는 여학생들의 모습에서 마음의 여유와 우정, 소녀의 낭만이 느껴지기 때문이다.

#'삼다도'라서 그래

삶이란 그 자체로 달콤 쌉싸래한 것 아닐까 싶다. 달기만 한 삶도 없거니와, 쓰기만 한 인생도 없을 테니까. 하지만 그럼에도 불구하고 내가 이 표현을 쓴 이유는, 쌉싸래할 때도 있지만 달콤함이 더 진하게 느껴지는 게 제주 생활의 맛이라고 생각하기 때문이다. 혹시 내 글을 보고 막연한 환상에 빠져 제주 이민을 단행하는 사람이 생기면 어쩌나 하는 걱정과 더불어 조심스러운 마음이 들기도 한다.

행동이 청춘의 무기라고 하는 나지만, 구체적이고 현실적인 계획 없이 저지르는 충동적인 제주 이민은 말리고 싶다. 그런 분들의 마음에 제동을 걸어줄 수 있는 좀 쌉싸래한 얘기를 해볼까 한다.

제주에 온 뒤로 많이 듣는 말, "외롭지 않아?"에 대해서는 저번에 얘기했다시피 "나는 외롭지 않다"고 당당하게 외칠 수 있다. 하지만 어떤 사람들은 그쯤에서 물러서지 않고 진짜 치명적인 한마디 일격을 날리고야 만다. 제발 하지 않았으면 하는 바로 그 말.

"결혼은 안 할 거야?"

이 질문을 하는 사람들은 나의 소중한 가족과 절친이다. 그들은 일말의 망설임도 없이 아주 태연한 얼굴로 돌직구를 날리며 나로 하여금 잠시 동안 할 말을 잃게 만드는 놀라운 능력을 갖고 있다.

처음부터 이런 말을 듣진 않았다. 제주에 처음 내려왔을 때만 해도 얼마 지나지 않아 다시 서울에 올라올 거라고 생각해서인지 누구도 결혼을 언급하지 않았다. 그런데 반려견을 입양하고 나서 처음으로 비슷한 말을 들었다.

"뭐? 개를 데려왔다고? 점점 결혼이랑은 멀어지는구나?"

"개까지 키우면 누구 만나기 더 힘들지. 개 싫어하는 사람은 아예 못 만나잖아."

"노처녀 보면 개나 고양이 키우면서 혼자 사는 사람 많잖아."

대체 어떤 근거로 하는 말인지 모르겠다. 물론 개나 고양이를 싫어하는 사람을 못 만난다는 부분은 인정한다. 근데 나도 강아지 한 마리쯤 함께 품어주지 못하는 사람은 싫다. 무턱대고 아무 잘못 없는 개를 문제 삼다니, 이치에 맞지 않는 거 아닌가? 제주에 살면서 해가 바뀌고, 나이를 먹다 보니 본의 아니게 "개 때문에 누굴 못 만나는 게 아니냐"는 오해를 받곤 하는데, 결단코 아니라는 말을 해주고 싶다.

그럼 이유가 뭐냐고?

상식적으로 생각해보자. 제주도가 어떤 섬인가?

삼다도다. 여자, 돌, 바람이 많은 섬이라는 뜻이다.

제주도에 돌과 바람이 많은 건 관광객도 다 안다. 그런데 제주도민이 되면 '여자'도 많다는 걸 느낄 수 있다. 이 말은 결국 상대적으로 남자가 적다는 말이다. 그리고 제주도는 '노인인구 비율'이 전국에서 가장 높은 지역이다. 그만큼 20~30대 젊은 층의 인구비율도 낮다는 얘기다. 결국 종합해보면 '젊은 미혼 남성'은 제주도에서 굉장히 드문 존재인 것이다. 하하하.

따지고 보면 이건 누구의 탓도 아니다. 원래 그런 섬인데 어쩌겠는가!

그래서 나는 주변에서 결혼 얘기를 할 때마다 만날 사람이 없다며 삼다도에 대해 구구절절 설명한다. 비록 제주에 살아본 적 없는 이들에겐 내 말이 그저 궁색한 변명으로 들릴지 모르지만, 최선을 다해 설명한다. 이게 자기합리화인지, 아니면 이해받고 싶은 마음인지는 잘 모르겠다.

제주 이민을 고려 중인 미혼 남녀라면, 특히 미혼 여성이라면 반드시 독신이어도 괜찮은지, 외로움을 잘 견디는 성격인지, 남녀노소 불문하고 사교성이 좋은 편인지, 결혼하라는 주변의 잔소리를 이겨낼 수 있는지 냉정하게 생각해보면 좋겠다. 물론 제주에 산다고 해서 무조건 결혼을 못하는 것은 아니니 너무 겁먹지는 마시라. 내 주변에도 결혼해서 잘 먹고 잘 사는 커플들이 있으니까!

#선녀와 나무꾼처럼?

제주에서 몇 년을 살면 이주민 꼬리표를 떼고 완전히 정착했다고 말할 수 있을까? 10년? 20년? 이 물음의 정확한 기준은 없다. 하지만이 햇수와는 무관하게 대부분의 사람들이 '제주 토박이와 결혼해서아이 낳고 살면' 정착주민으로 인정하며 고개를 끄덕인다.

내가 아직 미혼이라서 그런지, 가깝게 지내는 제주사람들은 자꾸나에게 제주 남자를 소개해주려 한다. 소개해주려는 사람들한테는고맙고 미안한 일이지만 나는 낯간지러운 소개팅을 못 견디게 싫어하는 편이라 끝끝내 거절하고 만다. 그런데 내가 제일 많이 써먹는 거절의 이유는 "제주 남자는 별로라던데"다. 의외로 이 말이 잘 먹히는이유는 제주 여자인 상대방이 공감하는 말이기 때문이다.

"제주 남자가 좀 그렇긴 하죠."

다소 부정적으로 들리는 이 말에는 여러 가지 의미가 포함되어 있다. 일반적으로 경상도 남자를 무뚝뚝하다거나 충청도 사람은 느긋하다는 식의 얘기를 많이 하는데, 안타깝게도 내가 여태까지 듣기로제주 남자에 대한 총평은 좋지 않은 편에 속한다. 내가 들은 최초의제주 남자 이미지는 택시 아저씨의 입에서부터 시작되었다.

"나도 제주사람이지만 제주 남자는 남편감으로는 별로니까 웬만하면 만나지 마세요."

그때만 해도 제주에 온 지 몇 개월이 채 되지 않았을 때였는데, 이런 얘길 처음 들은 나는 이유를 묻지 않을 수 없었다.

"왜요?"

"왜긴 왜야? 제주 남자들 술 마시고 놀기 좋아하고, 책임감도 없고 게을러서 생활력도 없고 별로예요. 집에 재산 좀 있으면 편하게 먹고 놀다가 사업한다고 죄다 말아먹고, 어쩌다 경마에 빠져서 땅까지 팔아먹고 풍비박산난 집 많아요. 성격이라도 좀 서울 남자들처럼 부드럽고 그러면 또 모르겠는데 그렇지도 않고. 아, 물론 개 중에 괜찮은 사람도 있겠지만 대체로는 안 좋은 건 다 가졌다고 봐야지."

"어머머, 진짜요? 너무 심하게 말씀하시는 거 아니에요?"

"어디 가서 물어봐요. 다 비슷하게 얘기하지. 제주도가 술도 전국에서 제일 많이 마시는 지역인데 이게 관광객이 와서 마시는 거 말고도 전국 1위일걸? 동네 구석구석 노래주점이 얼마나 많은데요."

아저씨는 아주 확신에 찬 목소리로 말했다. 아저씨의 말대로 경마장에서 재산을 탕진한 사람도 많을 것이다. 하지만 모두가 그렇지는 않으리라. 다만 생활력이 없다거나 무뚝뚝하다는 부분에서는 상당 부분 공감이 되고 배경도 짐작이 간다.

근데 무뚝뚝함은 여자 남자 할 것 없이 제주 사람의 공통적인 특징인 것 같다. 제주 사람은 제주어 말투 때문에 관광객이나 타지 사람들에게 불친절하다는 얘기를 많이 듣는다. 그런데 이것이 어떤 악감정이 있어서가 아니라 제주어의 구조와 억양 자체가 그렇다는 생각이 들었다. 특히 제주 동쪽 사람들이 "세다"는 말을 많이 듣는데, 서쪽에 비해 바람도 강하게 불고 기후가 좋지 않다보니 같은 말도 더 강한 억양, 더 센 발음을 하기 때문에 그렇다는 얘기가 있다.

나도 서울에서는 무뚝뚝하다는 얘길 자주 들었는데 제주에 온 뒤로는 "사근사근하고 애교 있게 말한다"는 칭찬을 듣고 있으니, 제주 사람이 대체로 무뚝뚝하다는 말에는 어느 정도 일리가 있는 것 같다.

생활력에 대한 건 상대적인 개념으로 보인다. 육지와 달리 제주도는 오랫동안 모계 중심 사회였고, 지금도 그런 문화가 남아있는데다 제주 여자들이 생활력이 강하다는 말은 여전히 공공연한 사실로 받아들여지는 게 사실이다. 그러다 보니 제주 여자 입장에서 상대적으로 제주 남자가 생활력이 없다는 말이 나오는 듯하다.

아주 근거가 없는 얘기는 아니겠지만, 그렇다고 모든 사람이 그렇다고 단정할 수도 없는 게 바로 사람 아닐까 싶다. 난 단지 소개팅이 싫어서 이유를 찾았을 뿐이지만, 혹시라도 자연스럽게 인연이 닿았다면 한 번쯤 만나봤을지도 모를 일이다.

#다음엔 남원으로 가볼까?

예전에 제주에 이런 말이 있었다고 한다.

"남원 가서 돈 자랑 하지 마라."

이 말속의 남원은 당연히 전라도가 아니라 서귀포에 있는 남원이다. 그런데 왜 이런 말이 있었냐하면, 이 지역이 제주도 내에서도 농사가 잘 되기로 유명했고 어떤 작물이든 심었다하면 풍년이 들어 알부자가 된 농민이 많았기 때문이다.

물론 지금은 이런 말이 무색할 정도로 평범하고 오래된 마을이지만, 그럼에도 불구하고 남원은 내가 제주에서 세 손가락 안에 꼽을 정도로 좋아하는 지역이다. 딱히 유명 관광지가 있는 것도 아니고, 대부분 지역이 농지라서 조용하다. 이게 바로 남원이 매력적인 이유다. 오래된 감귤 밭과 돌담, 적당한 간격으로 자리 잡은 옛날 주택과 구불구불한 골목길까지. 세월의 흔적을 겹겹이 입은 그곳의 모든 것이 자연스러운 제주를 느끼기에 충분하다.

남원은 내가 서귀포에 살 때 자주 놀러 다니던 지역이기도 하다. 그런데 공교롭게도 제주시로 이사 온 뒤로는 가장 멀어진 동네가 바로 남원이다. 가끔씩 남원에 다녀오긴 했지만, 예전만큼 자주 가지는

못했다.

    그러다 최근에 우연찮게도 인터뷰 할 사람이 남원에 있어서 겸사 겸사하는 마음으로 먼 길을 나섰다. 그런데 차를 타고 가다 보니 도로에 큼지막한 글씨로 '노인보호구역'이라고 적혀 있는 게 눈에 띄었다. 어린이보호구역이야 많이 봐와서 익숙하지만 노인보호구역이라는 건 왠지 낯설다. 그리고 보니 이 지역에서 감귤 농사를 짓는 분들은 대부분 제주 토박이인 중장년층과 노인세대일 가능성이 높겠다는 생각이 들었다.

내가 이 날 남원에서 만난 사람은 '이주예술가'인 김두하 사진작가님이었는데, 그와 인터뷰를 하다가 흥미로운 얘기를 들었다.

"마을 어르신들이 보시기엔 제가 신기하기도 하고, 그렇게 걱정이 되시나 봐요."

"어떻게 먹고사냐고요?"

"그렇죠. 볼 때마다 카메라 들고 돌아다니기는 하는데, 젊은 사람이 일은 안 하러 다니고 허구한 날 노는 거처럼 보이니까. 어떻게 먹고사냐고, 밭에 와서 검질(김) 메는 법이라도 좀 배우라고, 그러면 일당이라도 받는다고 그러시죠. 제가 걱정되시나 봐요."

내 짐작컨대, 그는 아마도 마을어르신들이 무한한 호기심과 호의를 품고 지켜보는 젊은 청년 1호일 것이다. 이런 마을에 들어와서 사는 어떤 젊은이가 '못 벌어먹고 살까봐' 걱정했을 어르신들의 넉넉한 마음이 나에게까지 전해져왔다. 내가 좋아하는 남원은 이런 분들이 사는 곳이다.

인터뷰를 마친 후 다른 곳으로 이동하려고 버스를 기다리는데, 개 한 마리가 주변을 어슬렁거렸다. 혹시나 싶어 옆에서 계속 이야기를 나누던 작가님에게 물어보니 동네 어떤 할머니가 키우는 개라고 했다. 근데 할머니가 치매에 걸려 밥 주는 것도 까먹고 잘 못 돌봐주니까 이웃 주민들이 대신 밥도 챙겨주고 같이 돌본다는 얘기를 들려주었다.

주인과 개, 둘 다 안타까웠다. 그래도 이 마을이 아니었다면 그 개는 밥도 못 얻어먹고 어디서 어떻게 됐을지 모를 일이라 그나마 다행이다 싶었고, 마찬가지로 그 할머니도 마을 사람들이 관심을 갖고 챙겨주는 것 같아 또 다행이었다.

이런저런 사정을 알고나니 이토록 많은 관심과 사랑이 오고가는 남원이야말로 정말 살기 좋고 아름다운 동네라는 생각이 들었다. 어쩌면 이곳의 주민들은 오래된 돌담처럼 묵직한 마음을 세월과 함께 나누어 가진지도 모르겠다. 역시 꼭 한 번쯤 살아보고 싶은 남원이다.

#3대 모녀의 제주 여행

내 또래라면 비슷한지는 모르겠지만, 우리 조부모님 중에는 유일하게 외할머니 한 분만 살아계시다. 올해 연세가 95세인 할머니는 할아버지가 일찍 돌아가신 탓에 벌써 몇십 년을 혼자 지내고 계시다. 그래도 워낙에 활동적인 분이라 노인대학에도 열심히 다니시고, 몇 해 전까지만 해도 미국에 사는 이모할머니네 집까지 혼자 오가며 몇 달씩 여행할 정도로 건강하셨다.

내가 제주도로 내려왔다는 소식을 전하자 외할머니는 그때부터 제주여행을 마음에 두고 계셨던 모양이다. 머지않아 엄마한테 전화가 왔다. 대뜸 외할머니를 모시고 제주도로 놀러오겠다고 한다. 나는 당장 동생한테 전화를 걸어 나 혼자서는 엄마랑 외할머니 두 분 모두 모시고 다니기 힘드니 같이 내려왔으면 좋겠다고 했다. 하지만 동생은 회사 일이 바빠서 어렵겠다고 했다. 엄마 입장에서도 고령인 할머니를 모시고 온다는 게 쉽지 않으니 내심 동생이 함께 해주길 바라는 마음도 있었겠지만, 동생도 직장에 매여 있는 몸이라 예정에 없던 휴가를 낼 수는 없는 일이었다.

동생이 못 내려오는 바람에 외할머니, 엄마, 나, 이렇게 3대 모녀가 며칠간의 제주여행을 함께 했다. 물론 이렇게 셋이서 함께 며칠 동안 한 마음 한뜻으로 움직인다는 건 정말이지 상상도 하지 못할 만큼 힘든 일이었다. 우리 셋은 혈연지간이라고 볼 수 없을 만큼 성격이 판이하게 다르다. 더군다나 평등한 관계가 아니라 서로에게 엄마와 딸이기 때문에 불만이 있어도 참아야 하는 경우가 허다하다. 엄마와 외할머니의 의견은 수시로 엇갈렸다.

식사메뉴를 정해야 한다면, 엄마는 제주여행자들이 즐겨 먹는 대표 메뉴를 우선적으로 이야기했다. 흑돼지, 옥돔구이, 고기국수, 오분작뚝배기, 해물탕 그리고 갈치요리. 엄마는 어느 날 점심으로 흑돼지 쌈밥과 옥돔구이를 먹고 싶다고 했지만 아흔 살이 넘어 치아가 좋지 않은 외할머니는 질긴 식감의 음식을 부담스러워하셨다. 그래서 촉촉하고 부드러운 갈치조림을 먹자고 하셨는데, 엄마는 갈치는 구운 게 더 맛있을 것 같다며 '생선구이' 노선을 계속 유지했다. 두 사람의 취향이 완벽하게 어긋나는 상황! 바통이 내게로 넘어왔다.

"지은이 너는 뭐 먹고 싶어?"

이러한 선택의 순간마다 난감한 입장에 처했지만 결국엔 엄마의 눈빛을 외면한 채 외할머니의 손을 들어줄 수밖에 없었다. 삼시세끼가 매번 이런 식이다. 결국 외할머니의 의견에 맞춰 메뉴를 정하다보니 갈치조림을 한 번 더 주문할 상황이 되었다. 이때까지 꾹 참고 있던 엄마가 기어코 한마디 했다.

"갈치조림을 또 먹어? 어제도 먹었잖아."

엄마는 항변하듯 말했지만 외할머니는 이 정도의 말에 순순히 넘어갈 분이 아니었다.

"그럼 고등어조림 먹든가."

분명 같지는 않지만, 그렇다고 확실히 다르다고 말하기도 애매한 메뉴였다. 이걸 당당하고 태연하게 제안하는 외할머니가 엄마보다

는 한 수 위다. 청소하기 싫어하는 아이 청소시키는 법과 비슷한 느낌
이었다. 이게 "화장실 청소해라. 싫다고? 그럼 설거지해" 하고 시키
는 것과 뭐가 다른가? 이런 뻔하디 뻔한 노림수라도 엄마와 딸의 관
계일 때는 '알고도 넘어가는' 상황이 된다. 엄마도 외할머니 앞에서
는 딸이기 때문에 그러지 않았을까?

엄마와 딸이라는 직계 가족 구성원으로서 제일 말단에 있는 내 입장에서는 이 며칠 동안 제일 힘든 사람은 나였다고 말하고 싶지만, 엄마는 또 엄마대로 본인이 제일 힘들었다고 느꼈을 거다. 엄마는 내가 외할머니 편을 들어줄 때마다 섭섭함과 아쉬움을 얼굴에 드러내면서도 나한테 직접적으로 표현하진 않았다. 자기 말은 안 들어주는 배신자 같은 큰딸에게 내심 기분이 상했을 거라는 생각도 들긴 했지만, 나는 개의치 않았다. 비록 그 순간엔 잠시 나를 쏘아보더라도 우리 엄마라면 그때의 내 선택이 불가피했다는 것쯤은 충분히 알고 이해해 줄 거라는 믿음이 있었기 때문이다. 세상의 모든 딸에게 엄마는 제일 만만하면서도 가장 애틋한 존재일 테니까. 나에게 엄마가 그렇듯이 엄마 또한 외할머니를 보며 나와 비슷한 감정을 느끼지 않았을까?

이미 아흔을 훌쩍 넘긴 외할머니와 함께 다닌다는 건 그곳이 어디든 쉽지 않은 일이다. 그때까지만 해도 운전면허가 없던 나와 장롱면허인 엄마는 외할머니와 함께 여행을 하려고 계속 택시를 타고 다녔다. 택시비로 하루에 10만원을 써보기는 처음이었다(제주도에는 개인택시로 택시관광 영업을 하는 사람을 쉽게 찾아볼 수 있는데, 하루 가격이 평균 10만 원 선이다).

외할머니는 어딜 가나 주목받았다. 마주치는 사람마다 외할머니의 나이를 묻고는 놀라움을 감추지 못했다.

"어떻게 그 나이에 지팡이도 없이 혼자 걸으세요?"

"정말 정정하시네요."

이런 말을 들을 때마다 외할머니는 허리를 더 꼿꼿하게 세우며 아이처럼 환한 미소를 지어보이셨다. 이때까지만 해도 아흔이 넘은 나이에 지팡이 없이 걷는다는 게 얼마나 대단한 일인지 미처 몰랐던 나는 사람들의 반응으로 그 대단함을 어렴풋이나마 짐작할 수 있었다.

손녀딸인 내 관점에서 외할머니는 정말 소녀처럼 곱고 밝은 마음으로 사는 어른이다. 그리고 고령에도 불구하고 젊은이처럼 기념사진 찍기를 좋아하신다.

"할머니 여기 서보세요. 사진 찍어 드릴게요."

내가 카메라를 들면 외할머니는 어김없이 그 자리에 서서 미소 띤 얼굴로 화답한다. 그렇게 찍은 사진 속의 외할머니는 얼굴에 굵은 주름을 만들며 하회탈처럼 웃고 있지만, 지금은 체력이 많이 떨어지셔서 요양원에서 지내신다. 활동적인 외할머니 성격에 요양원 생활이 답답하고 심심할 것 같아 가족들이 걱정을 많이 했다. 비록 멀리 살다 보니 자주 찾아뵙진 못하지만, 외할머니는 여전히 혼자서도 잘 걷고 좋아하는 뜨개질을 하며 밝게 웃어 보이신다. 만날 때마다 내 손을 꼭 잡고 이야기를 나누다가 헤어질 땐 사랑한다는 말과 함께 슬며시 안아주시는, 그런 외할머니가 세상에 있어서 행복하고 감사하다.

#위기는 반드시 온다

솔직히 제주에 처음 내려올 때만 해도 나는 별다른 생각이 없었다. 그렇다고 무턱대고 내려오진 않았지만, 제주에서 뼈를 묻겠다거나 제주도의 오름을 전부 정복하겠다거나 하는 야무진 꿈은 애초부터 없었다. 당연히 제주에서 몇 년 동안 살겠다는 계획도 없었고.

그래서 내 나이 서른다섯인 지금까지도 계속 제주에 살고 있다는 건 전혀 예상하지 못한 일이다. 그 당시 내 머릿속에서 가장 중요한 것은 단 두 가지뿐이었다. 내가 제주여행 중 일기에 쓴 소원처럼 내가 제주에 살게 되었다는 사실과 내 고향이자 애증의 도시인 서울을 떠났다는 사실 말이다. 이 두 가지 사실만으로도 나는 몹시 흥분해 일반적으로 다른 사람들이 걱정하는 여러 가지 일은 그닥 중요하게 생각하지 않았다. 근데 지금도 대체 다른 사람들이 무엇을 더 심각하게 고민하는지는 잘 모르겠다(돈? 결혼? 노후? 또 뭐가 있지? 이게 다인가?).

별 생각 없이 제주에 왔지만, 그렇다고 목표가 없지는 않았다. 그 무렵의 나를 돌아보면, '남들처럼'은 이미 내 관심사 밖에 있는 삶이었다. 그래서 큰 욕심도 없었다. 학창 시절의 꿈은 이미 이루었고, 노후는 너무 먼 이야기였다. 그러니까 서른을 갓 넘긴 그 당시의 내가 마음에 품던 건 욕심도 아니고 꿈도 아닌, 그냥 '목표'라고 표현하는 게 가장 적합하겠다. 그저 단순하게 '내가 제주에 사는 동안 이런 것을 해야겠다'가 아닌 '하면 좋겠다'는 식의 몇 가지 느슨한 목표였다. 그리고 이 목표 리스트에는 소설 한 편 완성하기, 희곡 한 편 완성하기 같은 글쓰기 과제가 대부분이었다.

하지만 이 목표는 우리가 흔히 1월 1일에 세우는 연중 목표처럼 매일 하루씩 뒤로 미뤄지고 서서히 잊혀져 갔다. 서울에서는 반강제적으로 부지런하게 살았던 건지, 제주에 온 뒤로 나는 점점 더 게으른 사람이 되어갔다. 출퇴근이 불규칙한 스타벅스 일을 하면서 글을 쓴다는 게 좀처럼 쉽지 않은 일이기도 했지만, 일하는 날엔 피곤하다는 이유로, 휴일에는 놀러 다니느라 글을 쓰지 않았다.

나 자신에게 좀 더 엄격한 잣대를 들이대보면, 이건 결국 피곤하다는 핑계에 지나지 않는다. 나는 엄마 뱃속에 있을 때도 그 흔한 발차기 한 번 안 하고 꼼지락거리기만 했다고 하니, 역시 천성이 게으른 사람이었나 싶기도 하다. 이것도 역시 핑계지만.

게으른 사람이라 깨달음도 한걸음 늦은 걸까? 제주에 온 지 1년이 훌쩍 지나고서야 내가 그동안 아무것도 한 게 없다는 자괴감에 빠졌다. 되돌아보니, 일하고 놀러 다닌 것 말고는 진짜 아무것도 없었다. 느슨하게 세워놓은 목표는 이미 모래성처럼 허물어져 형체조차 종잡을 수 없었다. 허송세월 했다는 생각에 마음도 허무했다. 수심이 깊어질수록 어디 놀러 다닐 맛도 나지 않았다.

이런저런 생각에 몇 날 며칠 밤잠을 설칠 정도로 싱숭생숭해하고 있었는데, 오랜만에 서울에서 친구가 놀러 왔다. 반가운 마음도 잠시, 완전한 아군인 내 친구를 보자 그동안에 혼자 마음 고생한 일들이 떠올라 감정이 북받쳐 올라왔다. 그리고 나는 모처럼 만난 친구 앞에서 눈물을 쏟고 말았다. 그렇게 한참 동안 대화를 나눈 끝에 친구가 내게 말했다.

"지은아, 괜찮아. 그게 뭐 어때서?"

너무 아무렇지 않다는 듯이 덤덤하게 말하는 친구의 태도에 몇 초 동안 얼떨떨했다.

"아니, 내가 너무 한심하잖아. 제주까지 와서 한 거 없이 또 한 살 나이만 먹은 것 같아서⋯⋯."

"생각해 봐. 눈 깜빡하면 1년인데 그걸 다 어떻게 해. 꼭 해야 하는 것도 다 못하고 사는데. 그리고 자기가 세운 목표 달성하는 사람 그렇게 많지 않아. 나도 그렇고, 대부분이 그럴걸?"

"이럴 바에는 그냥 다시 서울 올라가야 되나 싶기도 한데, 이렇게 1년 동안 아무것도 못 쓰고 실패한 마음으로 올라가긴 또 싫고⋯⋯. 어떻게 해야 좋을지 잘 모르겠어."

"야! 1년 갖고 무슨 실패야. 살다 보면 다 그런 건데 인생 길게 봐야지. 그리고 너 말하는 거 보니까 이미 결론 나와 있네 뭐. 이대로 올라오긴 싫다며? 그럼 여기 더 있으면서 네가 쓰고 싶은 글 써. 그럼 되잖아."

아주 명료하고 깔끔하게 정리해주는 똑순이 친구 덕분에 눈물도 쏙 들어가고 마음의 고민도 한결 가벼워졌다. 어쩌면 이렇게 나한테 필요한 말만 쏙쏙 골라서 해줄 수 있을까 싶을 정도로, 내 친구는 너무나도 완벽한 고민 해결사였다.

친구 잘 둔 나는 다시 잠도 잘 자고, 밥도 잘 먹고, 우울해하지도 않으며 지금까지 잘 지내고 있다. 그런데 1년이 또 금방 지나가는 건 여전하다. 그래도 그때의 나와 달라진 것이 하나 있다면 게으른 생활에 익숙해지지 않도록 조심하는 태도가 생겼다는 점이 아닐까 싶다.

여유로운 삶과 나태한 삶 사이에는 상당히 큰 차이가 존재한다. 누구나 자기가 세운 목표를 다 이루면서 살지는 못하지만, 최소한 '나 자신에게 부끄러운 내가 되지는 않아야 한다'는 생각이 잠들어 있던 나를 다시 한 번 움직이게 했다.

#외로움이 바람처럼 내 마음을 스칠 때

나는 혼자서 투룸 주택에 살고 있는데, 사람들이 우리 집에 놀러 오면 한결같이 물어보는 질문이 있다.

"큰 방 놔두고 왜 작은 방을 써?"

이 질문 속에는 대체로 누군가가 혼자 투룸에 산다면 작은방에 옷과 자잘한 짐을 두고 큰 방을 주생활 공간으로 쓰는 게 일반적이라는 생각이 담겨 있다. 그런데 나는 정반대로 쓰고 있으니까 의아한 것이다. 이 물음에 대한 내 대답은 아주 단순하다.

"외로울까 봐."

아무래도 내 이유가 좀 이상한가? 별로 친하지 않은 사람들은 할 말을 잃거나 화제를 바꾸는데, 오히려 친한 친구들은 의외라는 반응을 보인다.

"네가? 네 입에서 그런 단어가 나오니까 신기하다, 야."

"너 외로움 같은 거 잘 안 느끼는 성격이잖아. 너도 외로울 때가 있어?"

"외로워서도 아니고, 외로울까 봐는 또 뭐니?"

"오~. 제주도에 혼자 사니까 이제 좀 외로운가 보네? 서울 올라올 때가 된 거 아니야?"

친구들의 반응을 줄줄이 나열하고 보니, 내가 정말 외로움에 강한 사람처럼 보인다. '왜 이래, 나도 사람이야!' 하고 항변하고 싶은 마음이 전혀 없는 것은 아니지만 친구들이 이런 반응을 보인 데는 그럴만한 이유가 있기 때문에 모든 게 오해라고 주장할 수는 없을 것 같다.

내가 친구에 비해 외로움을 덜 느끼는 성격인 건 나도 인정한다. 10년 이상 절친인 친구들이 나한테서 외롭다는 말을 단 한 번도 들어보지 못했다고 하는데, 이 역시 친구의 기억이 맞다. 나는 그동안 누구에게도 외롭다고 말해본 적이 없고, 이건 애인이 있거나 없거나 마찬가지였다.

누구는 외롭다고 술 마시고, 또 누구는 외롭다고 소개팅을 하는데……. 나는 좀 외로워질 필요가 있다며 혼자만의 시간을 간절하게 원했다. 그러니까 내 마음은 항상 다른 감정으로 빼곡하게 채워져 있어서 외로움이 비집고 들어올 만큼의 작은 틈조차 없었다. 그런데 실은 이것이 내가 혼자 살면서 가장 신경 쓰는 부분이기도 하다. 외로움이 내 안에 침투하지 못하도록 주의를 기울이는 것.

내가 누군가에게 외롭다고 말한 적이 없는 건 외로움의 크기가 말로 표현할 만큼의 감정으로 완성되지 않았기 때문이지 외로움을 전혀 못 느껴서가 아니다. 나도 사람인데 전혀 외롭지 않다면 그건 명백한 거짓말이 아닐까? 더군다나 내 마음을 빈틈없이 따끈하게 채워주던 사람들과 멀리 떨어져서 산다는 건 결코 쉬운 일이 아니다.

그래서 내가 제주 생활을 시작하면서부터 가장 경계하는 감정이 바로 외로움이다. 타지에서 혼자 사는데 어느 순간 진짜 외롭다고 느껴진다면 돌이킬 수 없는 치명타가 될 것 같아서.

어쩌면 난, 외로움에 무너질까봐 그 틈을 허락하지 않는 것인지도 모른다. 때때로 일상의 언저리에서 외로움을 감지하지만, 그것이 내 마음 깊숙이 침투하지 못하도록 각별한 주의를 기울인다. 내가 작은 방을 쓰는 건 그 경계선상에 작은 담장을 세워둔 것과 비슷한 의미다.

내 친구들 상당수가 혼자 살고 있는데, 그들이 공통적으로 하는 행동은 집에 들어가자마자 TV를 틀어놓는 거다. 난 그런 식으로 TV를 보지 않기 때문에 소음이라고 생각했는데, 친구들은 거기서 흘러나오는 사람 소리를 들으며 안정감을 느낀다고 했다. 비록 혼자 있지만 내가 아닌 다른 사람의 말소리가 들리니까 누군가 함께 있는 것 같아 덜 외롭다는 게 그 이유였다.

그저 나도 남들처럼 외로움을 예방하는 방법의 하나로 작은 방을 쓰는 것뿐이다. 특히 누군가가 다녀간 후에는 집 안의 공기마저 유난히 적막감이 돈다. 그럴 때 큰 방의 공허함은 나를 외로움의 늪으로 빨아들일 것만 같다. 아무래도 존재감이 큰 사람일수록 그 빈자리의 허전함이 클 수밖에 없는데, 그럴 때 작은 방이 주는 안락함이 외로움으로부터 나를 지켜준다.

나는 잘 때도 굳이 한쪽 구석에 붙어서 잠을 잔다. 베개도 네 개씩 꺼내놓고 쓰는데, 벽 쪽에 붙어서 잘 때면 벽이 주는 딱딱함과 차가움이 나를 외롭게 하는 것 같아 방패막이 대신 쓰는 용도다. 아침에 눈을 떠보면 이불은 다리에 감겨 있거나 품에 안겨 있다. 내게 이불은 덮으려고 존재하는 게 아닌 것 같다.

친구처럼 TV를 틀어놓는 대신 절친과 통화를 하고, 책이나 영화에 빠져들거나 글을 쓰는 데 시간을 보낸다. 집중하는 동안에는 외로움이 침투할 수 없으니까. 사실 이런 행동요령(?)은 제주 생활과 함께 시작되었다. 기본적으로 내가 느끼는 외로움의 절대적인 크기가 작아서 그런지, 다행히 이 정도의 노력만으로도 충분하다.

"거봐, 그 정도 노력으로 되면 넌 외로움 안 타는 성격인 거야."

누군가 이렇게 말한다면, 절반은 맞고 절반은 틀렸다고 말해줄 테다. 외로움은 찬 겨울 문틈 사이, 옷깃 사이로 들어오는 바람처럼 무심하게 빈틈을 파고 들어온다. 내가 이곳에서 외롭지 않게 살 수 있는 건 외로움을 차단하려고 노력하기 때문이다.

노력 없이 유지되는 삶은 없다. 외로움을 덜 느끼는 성격은 이러한 노력 다음이다. 일상적인 외로움은 이렇게 예방하고 대처한다지만, 진짜 외로움은 불시에 훅하고 찾아온다. 그 타이밍도 아주 절묘하다.

내가 완벽에 가까운 행복을 느낄 때, 바로 그 순간 나는 문득 외로워진다.

그 순간을 함께할 사람이 곁에 없어서.

#제주에서 차 없이 산다는 것

내가 제주도에 내려오기 전에 서울에서 꼭 따야겠다고 생각한 자격증이 있다. 바로 운전면허증!

제주도에 살면 운전은 필수라고 했다. 똥차라도 반드시 있어야 한다고 들었다. 지금 생각해보면 대체 어디서 그런 말을 주워들었는지 기억조차 나지 않고 출처도 불분명한 얘기지만, 그때는 그것이 '진리'인 양 받아들였다. '제주는 지하철도 없고 교통편이 좋지 않으니까 차 없이는 생활이 안 된다'는 소문을, 직접 살아보지도 않고 그대로 믿은 것이다.

그래서 운전면허를 따려고 열심히 노력했다. 나이 서른 먹도록 운전대 근처에도 가보지 않은 내가 제주살이를 위해 난생처음으로 운전면허 학원을 등록하고 하루 만에 필기시험을 봤다. 95점을 받았다. 룰루랄라 하면서 집으로 돌아왔다. 이때까지만 해도 운전면허 그까짓 거 쉽게 딸 줄 알았다.

근데 학원에서 시행하는 장내 기능시험에서만 세 번이나 떨어졌다. 기껏해야 50미터 주행하면서 와이퍼, 깜빡이, 돌발만 잘하면 합격인데, 그 간단한 시험에서 세 번이나 고배를 마시고 말았다. 나 자신도 믿을 수 없는 결과였다. 번번이 어이없는 이유로 탈락했다. 장내에 울려 퍼지는 불합격 발표가 부끄럽고 서러워서 세 번째 탈락했을 때는 눈물까지 나왔다. 어떤 시험에 이렇게 여러 번 탈락해 본 적이 없었다. 더군다나 남들은 눈 감고도 딴다는 '물 면허'라는 그 시험을 끝까지 가보지도 못하고 '기능시험'에서 세 번 떨어졌으니, 나 자신이 너무 한심스러웠다.

하지만 이렇게까지 되고 보니, 인정할 수밖에 없었다. 나는 운전을 하기에 매우 부적절한 운동신경의 소유자였다. 그걸 인정하니 운전면허를 꼭 따야겠다는 의욕도 점점 떨어졌고, 결국은 시간에 쫓겨 운전면허를 끝까지 따지 못한 채 제주에 내려왔다.

막상 제주에 와서 살아보니 자가용은 생활필수품이 아니었다. 없어도 살만 하다. 제주도는 서울처럼 교통체증이 심각하지도 않고, 어지간한 관광지는 대부분 시외버스로 갈 수 있다. 하지만 거의 2분 간격으로 다니는 지하철 생활에 익숙한 나로서는 적응하기까지 상당한 인내심이 필요했다. 특히 배차간격이 긴 버스를 탈 때나 버스시간표를 해독해야 할 때는 답답하고 짜증이 나기도 했다. 근데 신기하게도 계속 살다 보니 적응이 되고, 오히려 반대로 시간에 쫓기지 않게 되었다.

제주의 시간은 도시보다 천천히 흐르는 것 같다. 지나서 생각해보니, 빨리빨리 가야 하고 기다림이 힘들었던 건 도시에 너무 길든 탓이었다. 타인보다 빨리, 더 많은 일을 해야 하는 도시인의 숙명이었는지도 모른다. 지금 생각해보면 꼭 그렇게 아등바등 살 필요가 없는데 그런 줄도 몰랐다. 서울에서 태어나 30년을 사는 동안 나도 모르는 사이에 '도시인병'에 걸려있었던 게 아닐까 싶다. 지금도 차 없이 살고 있지만, 운전면허를 따긴 땄다.

"제주도는 도로에 차가 별로 없어서 운전면허 따기 쉽대."

공대 나온 여동생의 권유 때문이었다. 내 동생은 나하고는 달라도 너무 다른, 운전면허시험이 간소화되기 전에 1종 면허를 한 번에 딴 능력자다. 이런 동생이 하는 말은 신빙성이 있으므로, 이번엔 나도 할 수 있겠다는 자신감이 샘솟았다.

그러나 어느덧 1차 필기시험에 합격한지 1년이 지나 필기시험부터 다시 봐야 했다. 이번에도 필기시험은 한 번에 합격했다. 문제는 실기! 기능시험을 보다가 중앙선을 밟아 바로 실격당했다. 하지만 운 좋게도 재시험 한 번 만에 기능시험이라는 큰 문턱을 넘어섰다. 서울에서 이미 몇 번이나 떨어진 기능시험에 합격하자 밑도 끝도 없는 자신감이 생겼지만, 도로주행 시험은 그렇게 만만하지 않았다. 아무리 제주도에 차가 별로 없다 해도 운전면허 시험은 결코 호락호락하지 않았다. 아……. 정말 해도해도 끝이 없었다.

동생 말대로 서울보다는 도로에 차가 적어서 운전하기 좋다는 장점도 있었지만, 어떤 날은 짓궂은 날씨 때문에 아깝게 탈락하기도 했

다. 어느 날은 내가 시동을 걸고 도로주행을 시작할 때만 해도 하늘이 새파랗고 화창했다. 드라이브할 맛이 나는 날씨라고나 할까?

'이야~ 오늘은 합격할 것 같은 느낌이야!'

뽑기에서 쉬운 코스로 배정되어 기분도 한껏 들떠 있었다. 그런데 5분쯤 주행했을까? 유턴해서 달리는데 갑자기 소나기가 쏟아지기 시작했다. 이럴 수가! 와이퍼를 켜야 했지만, 곡선이 있는 도로라서 핸들을 잡고 있는 것만으로도 버거웠다. 그래도 어떻게든 간신히 기회를 잡아서 와이퍼를 켰다. 그런데 금세 비가 그치는 게 아닌가? 차라리 보슬비라도 계속 내렸다면 좋았을 텐데, 맑은 하늘에 와이퍼를 켜놓고 계속 주행할 수도 없는 노릇이고……. 하지만 나에겐 더 이상 와이퍼를 조작할 만한 여유가 없었다. 어쩔 줄 몰라 감독관의 눈치를 보고 있자니, 감독관도 와이퍼가 성가셨는지 나 대신 꺼주었다. 그리고 여러 가지 이유로 감점되어서 이 날도 면허시험에서 떨어진 기억이 난다.

지금 생각하면 웃고 말 일이지만, 그땐 적잖이 황당했다. 하필이면 소나기에 발목을 잡히다니! 하지만 이렇게 변화무쌍한 제주 날씨를 고려할 때, 와이퍼 하나도 능숙하게 제어하지 못하는 내가 합격했다면 날씨보다 더 심각하고 놀라운 운전면허 부정합격 사례로 남았을지도 모를 일이다.

그 후에도 일일이 떨어진 이유를 설명하기에도 입이 아플 정도로 다양한 부분에서 어처구니없이 감점을 당하고 계속 재교육과 재시험을 봐야 했다. 오죽하면 학원 선생님이 "이제 좀 합격해서 얼굴 그만 봐야 될 텐데"라며 농담 섞인 격려의 말을 할 정도였다. 7전 8기라는 말처럼, 학원비가 아까워서라도 이번에는 꼭 합격해야겠다는 마음이 들어서 합격할 때까지 계속 도전했다. 그리고 도로주행 시험도 세 번 떨어진 끝에 아슬아슬한 점수로 합격했다. 비록 시험 응시 원서에는 누더기처럼 도장이 쾅쾅 찍혔고 점수도 초라했지만, 드디어 운전면허증을 갖게 되었다는 것만으로도 기뻤다.

하지만 이미 제주도의 버스 생활에 익숙해진 다음이라, 굳이 차를 사서 운전할 생각은 애초부터 없었다. 그러던 어느 날 서윤 언니가 제주여행을 왔고, 우리는 렌터카를 빌렸다. 하지만 언니는 장롱 면허라서 운전을 못 하겠다고 하고, 나는 초보운전이라 자신이 없고. 서로 운전을 떠넘기며 몇 분 동안 실랑이를 하다가 결국 내가 운전대를 맡았다.

'겁도 없이 나한테 생명을 맡기다니……'

우리는 첫 번째 목적지인 새별 오름을 향해 출발했다. 그러나 오름 입구에서 불과 5분 남짓 떨어진 작은 길에서 우회전을 하던 중 돌담에 들이박는 사고를 내고 말았다. 본네트에서 연기가 났다. 영화를 너무 많이 본 우리는 차에서 불이라도 날까 봐 다급하게 가방만 들고 차에서 내렸는데, 차에서 내리자마자 하늘에서 장대비가 쏟아졌다. 놀란 마음을 진정시키고 생각해보니 그래도 다행히 다른 사람이나 차를 박은 게 아니고, 우리도 멀쩡했다. 견인차를 부르고 보험처리를 해서 해결을 다 하긴 했지만, 나는 이 일로 큰 교훈을 얻었다. 운전을 하려면 도로연수를 꼭 받아야겠다는 것. 그리고 나 같은 사람이 도로에 나가면 다른 사람까지 위험해질 수 있다는 것. 그리고 우리나라 운전면허 시험은 더 어렵고 까다롭게 바뀌어야 한다는 생각이 들었다.

어쩌다 보니 내가 운전불능자라는 부끄러운 고백을 늘어놓은 것 같은데, 내가 운전을 잘 못해서 그러는 게 아니라, 정말로 차가 없어도 제주에서 잘 살 수 있고, 크게 불편하지 않다는 얘길 꼭 해주고 싶다. 그러니까 차가 없거나 운전을 잘 못한다고 해도 걱정할 필요 없다. 살다 보면 다 적응되니까.

서울과는 달리 느리게 가는 시간 속에서 '기다림의 여유'를 느끼는 것도 제주의 삶, 그 일부가 아닐까?

4: 내 혈액형은
생활밀착형

#봄날의 고사리장마

제주에 온 후 처음 맞은 봄을 기억한다. 눈부신 햇살과 산뜻한 초록,
유채꽃, 그리고 보기만 해도 마음이 시원해지는 맑은 하늘…….
　혹시 이런 봄날을 기대했다면 분명 실망한다!

제주 날씨를 잘 모르는 사람들은 대체로 이런 풍경을 머릿속에 떠올리겠지만, 사실 이렇게 맑은 날은 며칠 되지 않는다. 왜냐고? 제주도는 국내 최대의 다우 지역이기 때문이다. 제주도의 연평균 강수량은 국내 평균의 1.4배에 달한다. 통계에 따르면, 1년 중 비나 눈이 내리는 날짜가 무려 135일이라고 한다. 이 수치대로라면 1년 중 '3분의 1'은 비나 눈이 오는 흐린 날씨 속에 살아야 한다는 말이다. 그래서인지 제주도에는 여름철 장마 이외에도 봄장마가 존재한다. 일명, 고사리장마!

꽃샘추위도 물러가고 너무 덥지도 않은 4월과 5월. 소풍 다니기 가장 좋을 것 같은 이 무렵, 나는 일주일 내내 비를 보았다. '무슨 비가 한번 내리기 시작하면 그칠 줄을 모르나' 싶을 정도로 하염없이 내리다 잠깐 해가 비추고, 또 며칠 동안 비가 쏟아지기를 반복한다. '고사리장마'라는 단어는 제주에만 있다고 하는데, 정확한 의미는 알 수 없다. 이 비를 맞으며 명품 고사리가 자란다고 그렇게 부르는 것인지, 고사리가 자라는 철에 비가 내려서 붙여진 이름인 건지, 어느 쪽으로 설명해야 앞뒤가 맞는지는 의견이 분분하다. 어쨌거나 확실한 건, 고사리장마라는 번듯한 이름이 붙을 정도로 봄비가 많이 온다는 사실이다.

오죽하면 이주민을 대상으로 진행하는 설문조사에 3번과 같은 항목이 존재하겠는가?!

14. 제주 생활에 만족하지 못한다면 그 이유는 무엇입니까?

(가장 중요한 이유 두 가지만 선택해 주십시오) 1순위 ( ) 2순위 ( )

① 제주도 내 교통이 불편해서 ② 제주도 주민의 배타성

③ **날씨가 생각보다 좋지 않아서** ④ 생활물가가 비싸서

⑤ 마땅한 일자리가 없어서 ⑥ 우수한 교육환경 부족

⑦ 제주의 생활문화(언어, 경조사 등) 적응 어려움

⑧ 생활편의 및 문화시설(백화점, 공연장)의 부족

⑨ 육지 출입이 불편하고 비용이 많이 들어서

⑩ 우수한 의료진 및 최첨단 병원시설의 부족

3번 항목뿐만 아니라 다른 항목도 하나같이 다 일리가 있고 공감되어 설문지를 받았을 때 정말 현실적으로 잘 만들었다며 감탄했다. 혹시 제주 생활을 염두에 두고 있다면 다른 보기 항목도 살펴보길 바란다. 당신이 이런 불편을 극복할 수 있는지 생각해보면서!

#벌레와의 사투

제주도에 처음 왔을 때만 해도 내게 가장 위협적인 벌레는 다름 아닌 '섬모기'였다. 일단 한 번 물렸다 하면 도저히 참아줄 수 없을 정도로 강력한 통증과 간지러움을 동반하며, 발목이나 손목의 뼈가 실종될 정도로 퉁퉁 부어오르기 때문이다. 다른 사람들과 여럿이 함께 있을 때도 이상하게 '모기 밥' 역할을 담당하는 건 항상 나다. 모기한테 조금이라도 덜 뜯겨보려고 향수도 안 쓰고 바디워시를 바꿔보기도 했지만 마찬가지였다. 이렇게 내 의지와는 전혀 상관없이 함께 있는 사람들을 모기로부터 보호해주는 방패막이가 되는 사람이 바로 나다. 자연히 제일 싫어하는 벌레는 모기, 제일 혐오하는 벌레는 바퀴벌레! 이것이 벌레에 대한 내 생각의 전부였다.

그런데 본격적인 제주 생활이 시작되면서, 이 두 가지 벌레만을 알고 지내던 일상에 변화가 생기기 시작했다.

내가 제주도에 살면서 각종 벌레와 불편한 조우를 시작한 이유를 생각해보았다. 첫 번째는 날씨, 두 번째는 집, 세 번째는 나무다.

이 세 가지 조건을 빠짐없이 갖춘 집이 있으니, 바로 나의 '제주집 로망'을 전부 반영했던 서귀포의 감나무 집이다. 정남향인 데다가 마당에 감나무까지 있는 단독주택이어서 마음에 든 곳이다.

그런데……! 이 집은 제주 가옥의 특징 그대로 주택을 땅에 바짝 붙여서 지은 구조라 땅에서 올라오는 습기를 방바닥의 축축함으로 느낄 수 있었다. 이때만 해도 잘 몰랐는데, 통계상으로 서귀포시가 제주시보다 강수량이 더 많고, 습도도 훨씬 높다고 한다. 그 탓에 제습기를 1년 내내 가동해야 했다. 심지어는 서귀포에서 장대비가 쏟아져 큰 우산을 들고 제주시로 왔더니, 해가 쨍쨍하게 내리쬐고 사람들이 반팔을 입고 돌아다닌 적도 있었다. 이날은 서귀포 날씨에 배신감마저 들었다. 내가 제주시로 이사 와서 살아보니, 과연 그 차이가 놀라울 정도다.

서귀포 감나무 집은 습도가 높고, 땅에 바짝 붙어 있으며, 마당에 감나무까지 있다 보니 그야말로 세상에 듣도 보도 못한 오만가지 벌레가 출몰했고, 이름조차 모르는 온갖 벌레가 집안으로 기어들어왔다. 정말이지 생각지도 못한 복병이었다. 벌레나 곤충이라고 해봐야 초등학교 때 방학숙제로 하던 곤충채집 정도밖에 모르는 나에게 집안에서 목격되는 이런 벌레와 곤충의 의미가 같을 수는 없었다. 단지 눈앞의 벌레가 전부 공포의 대상일 뿐.

하루는 비가 억수같이 쏟아지는 날이었는데, 하얀 벽 위로 동그랗고 검은(보통 벌레는 검고 어두운 색을 띠는 공통점이 있는 것 같다) 무언가가 스멀스멀 움직이고 있었다.

"꺄악~~~ 어떡해!!"

밤 열한 시도 넘은 시각. 벽에 붙어 있던 그 시커먼 벌레를 발견한 순간, 나는 고래고래 소리를 지르며 이불을 박차고 방 밖으로 몸을 피했다. 그리고 다급하게 전화를 걸었다. 내 마음속의 119······ 내 동생에게로.

"지금 큰일 났어. 벽에 이상한 벌레가 있어. 으아아악 무서워. 어떡하지?"

"아, 왜 또 호들갑이야?? 뭔데 그래?"

"몰라······ 처음 보는 거야. 진짜 혐오스럽게 생겼어."

"커?"

"아니······ 크진 않은데······."

"뭐야, 별거 아니잖아. 그냥 휴지 많이 감아서 잡아!"

"못 하겠어······. 진짜 징그럽게 생겼어······."

이 벌레는 동그스름한 등에 여러 개의 검은 줄무늬가 있었다. 차마 가까이에서는 보지 못해서 정확하진 않지만 다리도 굉장히 많았던 것 같다. 그런 다리로 굉장히 느리게 벽을 올라가고 있었다. 적어도 내 기준에서 볼 때 이 벌레는 '극혐' 수준이 틀림없었다. 이런 벌레를 내 손으로 잡아야 한다니 속이 타들어갈 지경이었다. 혹시 이 벌레가 지금 당장이라도 갑자기 날개를 펼치고 날아오면 어쩌나 하는 걱정마저 들었다.

"그럼 그냥 모기약 같은 거 뿌리면 죽지 않을까?"

"집에 그런 약 없는데."

"뭐? 모기약도 없다고?"

"응. 모기는 전기 파리채로 잡으니까 안 사다 놨지."

"아……. 정말 내가 못 살아. 그럼 어쩔 수 없네. 그냥 휴지 둘둘 말아서 잡고 끝내. 파이팅!"

동생은 힘찬 파이팅을 외치며 전화를 끊어버렸다.

'아……. 어쩌지…….'

이제 정말 혼자 남겨진 기분이었다. 어차피 서울에 있는 동생이 대신 잡아줄 수 없다는 걸 알면서도 혼자서 이 벌레를 '처치'해야 한다는 데서 오는 심리적 부담이 나를 더욱더 힘들게 했다. 그러나 더 이상 이렇게 마음 졸이고 걱정해봤자 상황이 달라지지 않는다는 건 누구보다 내가 제일 잘 아는 사실이었다. 이제 내게 필요한 건 절대적인 용기였다.

'그래! 용기를 내! 저 벌레는 나보다 몇백 배는 작잖아. 괜찮아. 내가 이길 수 있어. 파이팅!'

이렇게 혼잣말을 하면서 기합을 넣고, 손에 휴지를 잔뜩 휘감았다. 그리고 마침내 그 휴지로 벌레를 생포(?)하는 데까지는 성공했다. 그러나 손에 힘을 줘서 탁 잡아야 하는데 손끝에 힘이 들어가지 않았다. 차마 할 수 없었다. 대신 재빨리 화장실 변기에 버리고 물을 내렸다.

상황 종료! 정말 식은땀 나는 싸움이었다.

이튿날, 바로 약국으로 달려가 각종 살충제를 잔뜩 사가지고 왔다. 뿌리는 것부터 바르는 것까지 종류도 다양했다. 사용법을 읽어본 뒤에 집안 구석구석, 출입문과 창문 주변까지 빠짐없이 약을 살포했다.

효과는 며칠 뒤부터 나타났다. 정체불명의 벌레들이 죽은 채로 발견되었다. '집 밖에서 죽었으면 더 좋았을 텐데······.' 사체 처리는 어쩔 수 없이 내가 감당해야 할 몫으로 남았다. 나는 이 혐오스러운 벌레들을 맨손으로 느끼고 싶지 않아서 고무장갑까지 끼고 휴지로 잡아서 처리했다. 용감무쌍한 태도로 해치우고는 항상 온몸에 소름이 돋아 반자동으로 몸서리를 치곤 했다.

그러던 어느 날, 아침에 일어나 보니 얼굴이 퉁퉁 부어 있었다. 한쪽 볼과 눈 주변까지 심하게 부어올랐고 아린듯한 통증과 열감이 느껴졌다. 물을 마시려고 거실로 나왔더니 바닥에 길이가 20센티미터 가까이 되어 보이는 지네 한 마리가 죽어 있었다.

'세상에······. 설마 나······ 지네한테 물린 거야?!'

정신이 번뜩 들었다. 지네한테는 독이 있으니, 내가 만약 지네한테 물렸다면 이렇게 부은 얼굴도 납득이 갔다. 이 지네는 나를 문 뒤에 어딘가에서 약을 먹고 죽은 것 같았다. 한약재로도 쓴다는 지네지만 이 순간 꼴도 보기 싫고 만지기도 싫은 최악의 존재였다. 크기가 크다 보니 이번에는 장갑을 끼는 것만으로는 안 될 것 같아 마당용 빗자루

와 쓰레받기를 이용해서 화장실까지 운반(?)했다. 아……! 지금 생
각해도 정말 끔찍한 순간이다.

　괘씸한 지네의 사체 처리를 끝내자마자 동네 피부과로 향했다. 피
부 관리실을 함께 운영하는 서울의 흔한 피부과와 달리 순수하게 진
료만 하는 곳처럼 보였다. 진료실로 들어가니 나이 지긋한 의사 선생
님께서 앉아계셨다. 선생님은 내 얼굴을 보자마자 이렇게 물었다.

　"많이 부었네. 어디 산에 다녀오셨어요?"

　"아닌데요. 아침에 일어났더니……."

　"아니, 뭐에 물렸기에 이렇게 많이 부었지?"

　"거실에 지네가 죽어 있었어요."

　"아이고! 그래서 그 지네는 어떻게 했어요?"

　"버렸는데요."

　"아이고, 그거 약재로도 쓰는 건데 아깝게……."

　뭐? 아깝다고? 아파서 병원 왔더니 나보다 지네를 더 궁금해하는
의사 선생님의 말이 괜히 더 섭섭하게 들렸다. 그래도 어쨌든 피부과
에서 처방받은 약을 먹으니 증상이 호전되어 다시 원래의 내 얼굴로
돌아갈 수 있었다. 하지만 그날 아침의 충격적인 장면은 아직도 내 머
릿속에 선명하게 남아있다.

　이후로는 이렇게 큰 벌레와 마주친 적은 없지만, 습한 날씨 탓에
쥐며느리, 콩벌레 같은 벌레들이 나타나 나를 놀라게 만들곤 했다. 결국

나의 로망이던 서귀포 감나무 집이 벌레에 매우 취약한 조건이라는 사실을 깨달았다. 마당에 있는 나무만 해도 그냥 소나무 같은 거면 또 모르겠는데 감나무라, 과일나무 특성상 유난히 더 벌레가 많이 꼬였다. 벌레와의 동거를 참을 수 있을 정도로 좋은 집은 아니었기 때문에 이듬해 연세 계약이 끝나자마자 한 치의 미련도 없이 이사를 단행했다.

내 생각에, 벌레와의 싸움에서 승리하는 방법은 딱 두 가지뿐이다. 용감해지거나, 무뎌지거나. 그런데 나는 둘 다 못 하는 성격이다. 살다 보면 다 적응된다고? 도저히 안 되는 일도 있다. 벌레와의 싸움은 언제나 이겨도 이긴 것 같지 않은 불쾌감을 남긴다. 이런 것도 살아본 적이 없으니 모를 수밖에 없던 거지만.

현재 살고 있는 곳은 제주 이민 후 세 번째로 이사한 집인데, 구제주에 있는 2층짜리 주택이다. 1층에 나무가 있지만 과일나무는 아니다. 역시 내가 선호하는 남향이라 해가 잘 들어오고, 서귀포에 비해 강수량이 적고 습도도 상대적으로 낮은 편이라 그런지 첫 번째 집에서 출몰하던 벌레들과는 마주치지 않고 있다.

그런데 최근에 제법 큰 바퀴벌레가 출몰해서 나를 기절초풍하게 만들었다. 밖에서 들어온 것 같았다. 다행히 살충제가 멀리 있지 않아 재빨리 제압할 수 있었다. 하지만 이 과정에서 내가 차마 벌레를 똑바로 쳐다볼 용기가 나지 않아 눈을 반쯤 감고 한 손으로 어마어마한

양의 살충제를 발사하는 바람에 살충제가 하얀색 무스처럼 쌓였다. 결국 나는 이걸 치우느라 또 고무장갑을 끼고 상당한 양의 두루마리 휴지를 쓸 수밖에 없었다. 그래도 발견 즉시 해결해서 다행이지, 안 그랬으면 잠도 못 자고 뜬 눈으로 밤을 지새웠을지도 모를 일이다.

뒤처리를 끝내고 친구한테 전화해서 얘기했더니 하는 말,

"그럼 넌 벌레 잘 잡는 남자 만나야겠네."

이런 말을 남자들이 들으면 섭섭할 것 같기도 한데. 어째 앞뒤가 바뀐 것 같아 이상하다는 생각이 들었다. 그래서 다음번엔 결혼한 언니한테 물어봤다. 그랬더니 이 언니 왈,

"나도 결혼하기 전엔 남편이 다 잡아주고 그럴 줄 알았는데, 우리 남편은 나보다 더 못 잡아서 만날 나한테 잡으라고 해."

"에이, 설마!"

"심지어 시체 처리도 못하겠다고 나한테 다 시켜."

뭐야, 남자라고 다 벌레를 잘 잡는 건 아니었구나. 그렇지 않은 사람도 많다니, 역시 벌레 때문에 남자를 만나는 건 아니다. 하지만 어쩐지 아무 이유라도 괜찮으니 누구라도 좀 만나라는 잔소리가 내 귓가에 울리는 것 같다.

#햇살 주의보

투명한 햇살에 녹아 반짝거리는 바다,

　머리카락을 스치고 흩어지는 한 줌의 파란 바람,

　달그락거리는 얼음이 동동 떠 있는 아이스커피.

이 세 가지만 있으면 나도 모르게 "행복하다"는 말이 절로 나온다.

이 행복감에 조금 더 젖어들고 싶을 때면 슬며시 눈을 감는다. 그러면 마음이 편안해지면서 온 몸의 세포까지 나른하게 휴식을 취하는 것 같은 느낌이 든다. 감긴 눈꺼풀 너머로도 바다가 보일 듯하고, 바람을 타고 쉼 없이 들려오는 파도 소리가 귓잔등에 울려 퍼진다. 깊고 낮게, 때로는 넓고 가볍게……. 리드미컬하게 일렁이는 물결을 따라 내 마음도 함께 춤을 춘다.

이렇게, 제주에 살아서 행복하다고 느끼는 순간은 서울에서의 그것과 별로 다르지 않다. 심지어 거창하거나 어려운 것도 아니다. 그저 내가 좋아하는 눈앞의 풍경만 바뀌었을 뿐이지, 아주 조금의 시간 여유와 날씨만 허락된다면 언제든지 누릴 수 있는 행복이니까.

그러나 모든 게 완벽할 수는 없다. 나의 이런 행복을 시샘하는 불청객이 있으니, 그것은 다름 아닌 태양이다. 나는 정말 구름 좀 있어도 상관없고 약간의 '햇살'만으로도 충분한데……. 5월 중순부터는 거의 뜨겁다 못해 따갑기까지 한 '땡볕'이 내리쬔다. 이게 문제가 되는 건 더위 때문이 아니라 햇빛 알레르기 때문이다.

나는 어릴 때부터 정말 평범하고 조용한 학생이었다. 눈에 띄게 예쁘지도, 그렇다고 못나지도 않았지만 피부 하나는 좋았다. 친구들이 여드름이나 뾰루지 때문에 스트레스 받을 때도 그 고통을 전혀 공감할 수 없었다.

"피부 하나는 타고난 것 같아."

나를 부러워하는 친구들에게 하던 말이다. 노력해서 얻어진 게 아니니까.

어른이 되어서도 내 피부는 여전히 좋아서 화장하기 귀찮을 때는 눈썹만 그리고 나가도 친구들이 화장한 줄 알았다고 얘기할 정도였다.

그야말로 피부 하나는 부모님께 잘 물려받았다는 생각이 들었다. 그런데 사람 욕심이라는 게 참 끝이 없어서, 이런 나에게도 한 가지 마음에 안 드는 점이 있었다. 바로 겨울마다 존재감을 드러내는 안면홍조다. 안면홍조를 제외하면 별다른 피부 고민 없이 잘 살아왔다. 그러던 어느 날, 가벼운 화상으로 피부과를 방문했는데 그때 안면홍조 개선에 도움을 준다는 레이저 시술 소개 영상을 보았다.

'어머…… 이런 게 있었네? 신기한데?'

나는 이렇게 오랜 고민거리던 '안면홍조' 네 글자에 이끌려 300만 원짜리 레이저 시술과 피부 관리를 받았다. 시술 받느라 따끔거리고 아팠던 거 생각하면 대단한 추천까지는 못하겠지만, 그래도 돈 쓴 보람이 있다는 생각이 들 정도로 확실한 효과가 있었다. 그러나! 제주 내려온 지 불과 3개월 만에 도로아미타불이 되고 말았다. 원인은 무시무시한 자외선이었다.

그래도 안면홍조는 원래부터 내 얼굴에 있던 거니까 쉽게 받아들일 수 있었다. 본격적인 문제가 시작된 건 5월부터다. 잠깐 외출할 때는 피부가 답답한 게 싫다는 이유로 팔다리에 자외선 차단제를 바르지 않고 쏘다녔다. 그랬더니 어느 순간 목덜미와 팔다리가 가렵고 좁쌀처럼 작고 붉은 홍반이 올라왔는데, 모기 물린 것과는 비교할 수 없는, 다른 종류의 간지럼증을 동반했다. 그 병명이 햇빛 알레르기였다.

햇빛 알레르기, 들어는 봤니?

여태껏 안면홍조 말고는 피부 때문에 속 끓인 적이 단 한 번도 없었고, 심지어 서울에서는 쌩얼로 다녀도 아무 탈 없었는데……. 이런 나한테 뭐? 듣도 보도 못한 햇빛 알레르기? 거 참, 믿기지 않는 일이 벌어졌다. 의사 선생님은 내게 자외선 차단제 사용의 중요성을 강조하며, 햇빛이 강하고 자외선 지수가 높은 날에는 외출을 자제하는 게 좋겠다고 했다.

'이렇게 날씨가 좋은데, 이 좋은 봄날에, 이 좋은 바다를 두고, 가만히 집에나 있으라고?'

'집에만 있을 거면 뭐 하러 제주도에 살아……. 무의미해.'

외출을 자제하라는 말을 듣는 순간에는 꼭 하고 싶은 일을 금지당한 어린아이가 된 기분이었다. 정말 어떤 일에도 비교할 수 없을 만큼 속상했다. 그렇다고 내가 무슨 사형선고를 받은 것도 아닌데, 예쁜 피

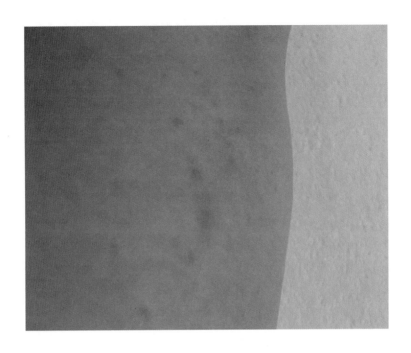

부 하나 지키자고 의사 선생님 말대로 그냥 집에만 콕 박혀 있을 수는 없었다. 제주까지 와서 그런 식으로 내 청춘의 소중한 시간을 낭비할 수는 없지 않은가.

그래서 굴하지 않고 줄기차게 쏘다녔다. 물론 자외선 차단제는 좀 더 열심히 챙겨 발랐다. 그래도 외출 시간이 긴 날이나 햇빛이 강한 날에는 어김없이 알레르기가 올라왔다. 이제 안면홍조 따위는 안중에도 없다. 피부에 신경 쓰면 쓸수록 내가 하고 싶은 활동에 제약이 생길 수밖에 없기 때문에, 차라리 좋은 피부에 대한 욕심을 버렸다. 그랬더니 마음도 몸도 한결 편해졌다. 역시, 어쩔 수 없는 일이 생겼을 땐 뭐든 마음이 더 가는 쪽을 택해야 후회가 없다. 친구의 부러움을 사던 하얀 피부가 아예 까무잡잡한 톤으로 바뀐 건 아쉽지만, 그만큼의 다른 행복을 얻은 대가라고 생각한다.

가끔 서울에 가면 두 살 아래인 여동생 집에 머무는데, 동생은 나를 볼 때마다 같은 소리를 한다.

"언니 왜 이렇게 시커매졌어? 촌년 같아."

예전에는 내가 동생한테 얼굴 까맣다고 놀렸는데, 이제 동생이 나보다(는) 하얗다. 그래서 처음 몇 번은 그냥 잠자코 들었지만, 이젠 나도 큰소리치며 대꾸한다.

"야! 너도 제주도 살아봐. 선크림 발라도 타."

내가 선크림을 얼마나 열심히 바르냐 하면 이런 일도 있었다. 서울 사는 친구가 놀러 와서 며칠 동안 함께 지냈는데, 같이 놀러 나가려고 외출 준비를 하고 있었더니 친구가 나를 기다리다가 한마디 했다.

"뭘 그렇게 많이 발라~. 그 정도면 충분할 거 같은데?"

내가 10분 가까이 팔다리에 선크림을 '쳐 발 쳐 발'에 가깝게 바르고 있으니까 기다리다 지친 거다.

햇빛 알레르기가 있어서 꼼꼼하게 발라야 한다고 했더니, 이 친구가 내 손이 닿지 않는 등 부분에까지 섬세하게 선크림을 발라주었다.

그랬더니 이 날 하루 종일 밖에서 놀았는데도 햇빛 알레르기가 올라 오지 않았다.

그리고 보니 제주를 배경으로 촬영된 영화 〈올레〉의 한 장면이 생각난다. 햇살이 쨍쨍한 날, 신하균 일행과 올레길을 함께 걷게 된 게스트하우스 스텝 역할의 여주인공 유다인은 가방에서 선크림을 꺼내 바르며 신하균에게도 권한다. 신하균이 괜찮다고 사양하니까, 제주 햇살을 우습게 보면 안 된다고 충고한다. 이 장면을 보면서 얼마나 공감했는지 모른다. 그래! 놀러 다니는 걸 포기할 순 없으니까, 햇빛 알레르기 올라오기 전에 예방하는 것만이 살 길이다!

#요란한 제주 날씨에 대처하는 자세

어제 저녁 뉴스에서 분명히 전국적으로 많은 비와 돌풍이 예보되었는데, 아침에 눈을 뜨니 창밖이 눈부실 정도로 밝았다. 늦잠을 잔 시간이 아깝다고 느껴질 정도였다. 그런데 느낌이 좋지 않았다. 대체로 제주도는 일기예보가 아주 잘 맞는 편이라서 철썩같이 믿고 있던 터라 지금의 이 날씨는 뭔가 수상쩍다는 느낌을 지울 수 없었다.

'이상하다. 비 온다고 했는데…….'

그래도 어쨌거나 비가 안 오니까 '잘됐다' 싶었다. 비록 늦잠을 잤지만, 오후에 한 달이나 기다려온 중요한 스케줄이 있기 때문이다.

세탁기 돌려놓고, 밥 차려 먹고, 음악 들으면서 기분 좋게 설거지하고, 빨래까지 다 널고 제습기까지 세팅 완료! 상쾌한 기분으로 외출 준비를 했다. 평일에는 화장도 대충대충 하는데, 시간 여유가 있으니까 오랜만에 얼굴에 분칠도 좀 했다.

'역시 푹 잤더니 화장이 잘 받는다.'

사소하지만 피부 컨디션이 곧 그 날의 컨디션을 대변해주기도 한다. 지극히 평범하지만, 내가 가장 좋아하는 평화롭고 순조로운 느낌의 주말이었다. 적어도 문 밖으로 나서기 전까지는 그랬다.

문을 열고 나가자마자 '오! 맙소사!' 하는 생각이 들었다. 선글라스를 써야 할 정도로 눈부신 하늘 아래로, 어마 무시한 광풍이 휘몰아치고 있었다. 지금 살고 있는 집은 모든 문이 남쪽으로 뚫려 있는 정남향 집이라, 문 밖으로 나가면 정면에 한라산이 보이는데, 한라산 너머로 먹구름이 잔뜩 보였다. 서귀포에서 한라산을 넘어오고 있는 저 먹구름은 몇 시간 뒤면 제주시를 덮쳐올 것이 분명해 보였다. 머플러가 얼굴에 감기고, 옆집에서 널어놓은 빨래가 날아갈 정도로 강한 바람이 그 예고편이었다.

'날씨가 심상치 않은데, 그냥 나가지 말까?' 하늘을 올려다보니 제주시내 쪽의 하늘은 아직 괜찮았다. 일단 집에 들어가서 선글라스를 두고 나왔다. 바람 소리가 점점 더 선명하게 사방을 울렸다. 이대로라면 불과 몇 시간 만에 선글라스 대신 우산이 필요할 것 같았다. 심지어 '우비를 챙겨야 하지 않을까' 하는 생각이 들 정도로 매서운 바람이 몰아치기 시작했다.

'그래도 김연수 작가가 오는데.'

이런 날씨에도 불구하고 나를 움직이게 한 건, 김연수라는 이름이다.

예감이 좋지 않았지만 나는 오직 그의 강연을 듣겠다는 일념 하나로 외출을 강행했다.

김연수 작가의 강연은 한 달 넘게 기다린 이벤트다. 강연 소식을

처음 접한 뒤로 신청일만 손꼽아 기다렸고, 선착순 100명이었기 때문에 놓치지 않으려고 휴대폰 일정에 알림까지 등록해 두었다. 그러고는 신청 당일에 시간이 되자마자 무슨 아이돌 콘서트라도 예매하듯 전화를 걸어 부리나케 신청했다. 김연수 작가는 다들 알다시피 인기 작가라서 하루 만에 마감이 되었다고 한다. 그렇게 신청하고도 보름 넘게 기다린 날인데 안 갈 수 있나? 당연히 가야지!

강연장에 도착하니 이미 사람들이 많이 모여 있었지만 그 가운데 김연수 작가의 모습은 찾을 수 없었다. 그의 강연을 들으러 온 사람들은 30분이 넘도록 계속 기다렸다. 주최 측에서도 그와 연락이 닿지 않아 난처한 모양이었다. 기다림 끝에 전해들은 말은, 급격한 기상 악화 때문에 그가 탄 비행기가 제주도에서 다시 회항했다는 소식이었다. 곳곳에서 아쉬움의 탄식이 흘러나왔지만 그 누구도 화를 내거나 언성을 높이지 않았다. 어쩌면 이 자리에 있는 사람 모두가 예상한 일이었는지도 모른다. 이런 날씨라면 그럴 수도 있음을, 제주도에 사는 우리 모두 이해하고 있었다.

행사 관계자도 이런 일은 8년 만에 처음 있는 일이라고 하면서도 침착한 태도를 유지했다. "어제 일기예보가 안 좋아서 오늘 강연을 계획대로 진행해도 될지 고민이 많았다"고 솔직한 심정을 털어놓았다. 되도록이면 다시 김연수 작가를 모시도록 하겠다며, 다시 성사된다면 오늘 온 사람들에게 우선권을 주겠다고 했다. 모두들 수긍하는 분위기였다. 나 역시 마찬가지였다. 아쉽지만 어쩔 수 없는 일이니까.

'그래, 이 정도면 됐지 뭐. 날씨를 어떻게 할 수 있는 것도 아니고.'

집으로 돌아오는 길에 예상대로 비가 쏟아졌다. 한껏 기대한 김연수 작가를 못 본 것은 아쉬웠지만, 황금 같은 휴일 오후에 허탕을 치고 돌아가는데도 전혀 짜증나거나 화가 나지 않았다.

제주도에 살면서 달라진 점 중 하나는 날씨에 크게 연연하지 않는 태도를 갖게 되었다는 것이다. 여행할 때만 해도 제주도에 왔다 하면

비가 쏟아졌다. 변덕스럽고 얄미운 날씨 때문에 고생하고 애태운 기
억이 나는데, 제주에 계속 살다 보니 날씨가 안 좋다고 속상해하는 일
이 확연하게 줄었다. 봄, 여름, 가을, 겨울 사계절이 바뀌듯이 쩅쩅한
하늘에 우박이 쏟아져도 그저 자연스러운 현상으로 받아들이게 되
었다. 이제 어지간한 날씨 변화는 하늘을 보면 예측할 수 있고, 강풍
에 몸이 떠밀려도 당황하지 않는 내공이 생겼다.

그러고 보니 나도 서울에 가려다가 기상악화로 비행기가 안 떠서 한 시간 넘게 기내에 앉은 채 대기한 적이 있었다. 중요한 약속이 있어서 성수기 주말 비행기로 왕복 티켓을 끊었었다. 꼭 만나야 할 사람이 있었는데 비행기가 뜨질 않으니, 모든 약속을 전부 취소해야 하는 거 아닐까 걱정스러운 마음이 들었다.

다행히 비행기는 이륙했지만, 비행하는 중에도 내내 불안한 마음을 감출 수 없었다. 내가 우려하던 일은 일어나지 않아서 지금까지 잘 살고 있지만, 그 날의 중요한 약속은 결국 취소되었고, 그토록 보고 싶던 사람도 만나지 못했다. 내가 서울에 조금만 더 빨리 갔더라면 만날 수 있었을까?

#상큼하게, 촌스럽게

지난해 여름 무렵의 일이다. 8월에는 여러 가지 일이 한 번에 몰려 있어서 매일 써야 할 글이 A4·30장을 넘어섰다. 타이핑하는 손가락이 아플 정도로 많은 일을 처리했다. 하루 일을 다 마무리하고 머리를 자르러 가야겠다고 생각했을 때쯤에는 항상 저녁 늦은 시간이 되어버렸다. 그러다 보니 미용실 가는 일을 차일피일 미루다가 결국 그 날이 왔다. 그 날은 바로 카카오 클래스 강의가 있는 날이었다.

'아……! 이런 머리로는 갈 수 없어. 좀 다듬어야겠는데.'

왕곱슬에 단발머리인 내 머리는 어중간한 길이가 되면 제멋대로 뻗치기 일쑤다. 곱슬머리 단발은 적당히 드라이만 잘 해도 안쪽으로 잘 말려서 관리하기 편한 편이지만, 그것도 어느 정도 길이를 넘어서면 상큼한 느낌이 떨어진다. 게다가 비 오는 날엔 드라이 효과가 두 시간을 못 넘길 정도로 머리가 습기에 예민하게 반응한다. 그날도 비 예보가 있었고, 비 오기 전의 습기를 잔뜩 머금은 내 머리는 곱슬머리의 정체성을 표출하며 절정의 산만함이란 무엇인지 극명하게 보여주고 있었다.

그럼에도 불구하고 내가 단발머리를 좋아하는 이유는 몇 가지가 있다.

우선 제일 좋은 건 단발머리의 생명인 상큼함에 있다. 긴 생머리가 여성스러움의 상징이라면 단발머리는 동안의 친구 같은 존재다. 서른 넘어서면 단발머리의 진짜 가치를 알게 된다. 조금이라도 더 어려 보이는 것. 그게 단발이 갖는 최고의 장점이다.

둘째, 몇 그램의 차이! 비교할 수 없는 가벼움이다. 가장 기분 좋은 순간은 머리를 딱 자르고 미용실을 나서는 순간, 발끝까지 전해지는 가벼움이다. 20대 중반부터 중간 1~2년 정도를 제외하고는 계속 단발머리를 했다. 한때는 스트레스를 받을 때마다 미용실에 가서 머리를 자르기도 했다. 그러다 숏 커트까지 가게 되었는데, 의외로 잘 어울려서 주변 사람들이 깜짝 놀랐다.

셋째, 관리하기 쉽다. 걸리적거리는 게 싫어서 액세서리도 잘 하지 않는 내게 머리 손질만큼 어려운 건 없다. 긴 머리보다 단발이 훨씬 관리가 쉽다는 걸 십수 년 경험으로 알았다. 일단 무엇보다 제일 중요한 건 커트가 예쁘게 나와야겠지만, 아침에 드라이하면서 쉽게 C컬을 넣을 수 있고, 고데기 사용 고수라면 약간의 컬만 넣어줘도 산뜻한 느낌을 살릴 수 있다는 것도 장점이다.

대략 이 세 가지 정도로 그 이유를 압축할 수 있겠다. 잘 모르는 남자들은 '단발머리가 다 거기서 거기'라고 생각하겠지만 결코 그렇지 않다. 단발이라고 절대 단순하지 않다. 오히려 작은 차이도 더 극명하게 보이는 게 단발이다. 단발이기 때문에 1센티의 미묘한 느낌 차이가 확연하게 존재하며 그것이 결국 그 사람에게 머리가 어울리는지 아닌지로 귀결된다. 한 번쯤이라도 단발머리를 해본 적 있는 사람이라면 내 말에 동의하리라.

이제 더 이상 미룰 수 없었다. 낯선 사람들 앞에 서는데 부산스러운 머리를 하고 갈 수는 없었다. 하지만 내겐 시간이 부족했다. 오전에 원고 35장을 털어 넘기고 보니 시간은 이미 열두 시를 향해 달리고 있었다. 점심을 대충 먹고 근처에 있는 미용실을 찾았다. 두어 번 가본 적 있는 가게였는데 '휴가 중' 팻말이 붙어 있었다. 하는 수 없이 제주시 중앙로에 있는 여러 미용실 중 한 군데에 들어가기로 했다. 중앙로는 (구) 제주의 중심이 되는 길이라서 오래된 미용실이 많다.

시간이 촉박했기 때문에 눈에 띄는 몇 군데 중에서 골랐다. 비교적 신식으로 보이는 곳이 있었다. 안에는 40대 정도로 보이는 아주머니가 어떤 할머니 손님의 머리를 만지고 있었다. 서울도 아니고 대낮에 미용실 손님으로 할머니가 앉아 있는 풍경이 이상하지 않아 보였기 때문에 문을 열고 들어갔다.

"머리 좀 다듬을 건데요. 얼마나 걸려요?"

"금방 돼요. 앉으세요" 하고 아주머니가 화답했다.

이때까지만 해도 내 마음에 의심과 불안은 전혀 없었다. '단발 커트인데 기본은 하겠지?' 하는 생각 때문이었다.

내가 미용 가운을 입고 자리에 앉자, 미용실 안쪽에서 더 나이 많아 보이는 아주머니가 나왔다. 머리에 빠글빠글한 파마를 하신 게 아주 잘 된 것 같았다. 그런데 갑자기 그분이 내 뒤에 서더니 분무기로 물을 뿌려대기 시작했다.

'설마……. 이 분이 내 머리를 하신다는 건가?' 뭔가 불길한 예감이 들기 시작했다.

가운도 입었고 내 머리는 이미 젖어가고 있었다. 그런데 그 적시는 정도가 좀 남달랐다. 머리를 감았거나 비를 맞았다고 해도 좋을 정도였다. 축축한 느낌이 좋지 않았다.

1차 준비를 마쳤다고 생각했는지, 아주머니는 벽에 붙은 모델 화보 사진을 가리키며 내게 물었다.

"저런 스타일로 잘라줄까?"

나름 상냥한 어투였지만, 그 사진은 정말 나와 어울리지 않았다. '헉' 소리가 나오려는 걸 꾹 참았다. 저게 대체 언제 적 사진일까 의심스러웠다.

"괜찮아요. 그냥 여기서 1~2센티미터 정도 자를 건데, 2센티미터 조금 안되게 조금만 잘라주세요."

내 말이 끝나자마자 빗질이 시작됐다. 흠뻑 적신 머리카락을 전부 귀 뒤로 바짝 빗어 넘겼다. 보통 미용실에 가면 곱슬기(?)가 가라앉도록 살짝만 물을 뿌린 다음, '싸사삭' 하는 경쾌한 가위질 소리를 내며 커트가 진행되는데 이 분은 방법이 좀 달랐다.

아주머니는 내 머리카락 한 올도 꼼짝달싹 못하게 흠뻑 적신 다음 뒤쪽으로 일렬종대 시켰다.

'에이 설마······.'

그 설마가 사람 잡았다. 뒷덜미에서 내 머리를 한 움큼 잡는가 싶더니 싹둑!

'오! 맙소사! 이건 아니지······.'

뭔가 잘못되어가고 있다는 불안은 현실이 되었다.

지금 무슨 바가지 머리 자르는 것도 아니고, 고릿적에도 이렇게 자르진 않았을 거 같은데······.

지금 당장 멈추라고 외치고 싶었지만, 나는 이미 고양이 앞에 놓인 생선이나 다름없었다. 내 뼈와 살점이 처참하게 발리고 있는 것 같았다. 내 살아생전에 이렇게 머리 자르는 미용사는 처음 봤다.

그런데도 멈추라고 할 수 없는 건 그 상황에서 난리를 쳐봤자 대안이 없기 때문이다. 내 딴에는 중앙로에 있는 미용실 중에서 '그나마' 괜찮아 보이는 곳을 선택해 들어간 것이었고, 원래 이용하던 미용실은 신제주에 있어서 시간 관계상 갈 수가 없었다. 나는 어쩔 수 없이 운명에 맡기기로 했다.

축축하게 젖은 머리 때문에 불쾌지수가 더 높아졌지만 화를 낸다고 그 가위질이 달라질 것 같지 않아 꾹 참았다. 그리고 자리 앞 거울로 내 머리가 어떻게 잘려나가고 있는지 바라보았다. 그러다 아주머니의 얼굴이 내 눈에 들어왔다. 자세히 보니 입가에 깊은 주름이 네댓 개는 족히 잡혀 있었다. 정말 할머니였다. 그런 할머니가 눈을 잔뜩 부릅뜨고 내 머리카락을 노려보고 있었다. 할머니 눈에서 레이저라도 나올 거 같았다. 그야말로 초집중 모드였다.

이런 분께 어떻게 화를 낸단 말인가. 이 분은 나름대로 확신을 가지고 내 머리를 자르는 것 같아 보였지만, 내 마음은 그냥 체념 상태로 바뀌었다.

'내가 선택을 잘못한 탓이다. 그래, 내 탓이다…….'

이런 생각을 하며 부디 기적처럼 예쁜 커트가 나오게 해달라고 기도하며 눈을 감았다. 그리고 커트가 끝난 뒤에 눈을 떴다.

상큼하고 산뜻한 단발을 원했던 내게…… 그런 내게 돌아온 건 상큼하기는커녕 촌빨(!) 날리는 정말 촌스러운 단발이었다.

누구에게나 자기 얼굴에 어울리는 단발 스타일이 있다.

나는 내게 어울리지 않는, 가장 '찐따' 같아 보이는 길이를 정확하게 알고 있다. 중고등학교 시절 6년 동안 여러 미용실을 다니며, '머리 망쳤다'고 울면서 배운 것이다. 그런데 이 할머니가 잘라놓은 내 머리는 그 촌스러움의 경계선에 반쯤 걸쳐 있었다. 사실 촌스러움과 아주 가까웠다. 눈썹을 살짝 덮는 길이로 잘라달라고 한 앞머리도 너무 짧게 잘렸다. 그러나 이미 잘린 머리를 다시 붙일 수도 없는데 어쩌겠

나. 나는 곧바로 현실을 받아들였다. 뭐라고 말해봐야 어차피 되돌릴 수도 없는데 뭐. 그리고 무엇보다 나는 갈 길이 바빴다.

결국 어쩔 수 없이 그 이상하고 촌스러운 머리를 하고서 수십 명의 사람들 앞에 설 수밖에 없었다. 혹 그 날 만난 누군가는 이런 생각을 했을지도 모르겠다.

'저 촌스러운 머리를 한 여자가 서울 사람이라고?'

#제주 이주민의 휴일 사용법

제주에 살면서 가장 아쉬운 일은 서울에 있는 친구들을 자주 만나지 못한다는 것이었다. 보통 석 달에 한 번 정도 올라가니까, 친한 친구라고 해도 기껏해야 1년에 너댓 번 정도 만나는 게 전부다. 서울에 살았다면 시도 때도 없이 만나서 함께 치맥도 하고, 맛집도 가고, 요즘 뜬다는 ○○동에 가기도 하고, 영화나 뮤지컬을 함께 보러 가기도 했을 거다. 특히 20대에 친구에게서 큰 에너지를 얻곤 했기 때문에 나에게 친구는 항상 애인보다 우선순위에 있는 존재다. 이렇게 소중한 친구들을 자주 볼 수 없게 된 건 정말 아쉬운 일이 아닐 수 없다.

더불어 '젊음의 상징'처럼 느껴지던 '불금'과 '불토'는 이제 나와 상관없는 단어다. 그럼에도 불구하고 내가 제주 생활에 만족하는 이유는 휴일이 주는 달콤한 맛에 중독되었기 때문이다.

그것은 다름 아닌, '여행의 맛'이다.

친구들과 어울려서 신나게 노는 게 스트레스 해소와 즐거움을 준다면, 제주에 살면서 휴일마다 다니는 제주여행은 내 영혼에 평화와 행복감을 채워준다. 그저 '제주에 산다는 것'만으로도 감사한 마음이 들 정도로 제주의 자연은 포근하고, 광활하며, 풍요롭고, 촉촉하고,

아름답다.

나는 낯선 곳을 좋아한다.

제주 생활에는 익숙해졌지만, 제주여행은 계속 해도 질리지 않는다. 이미 여러 번 간 곳도 그날의 계절과 날씨에 따라 확연히 다른 풍경이 된다. 특히 바다는 그날의 햇살과 구름, 바람과 파도에 따라서 시시각각 다른 빛을 발해 더욱 매력적이다. 지루할 틈도, 질려버릴 틈도 허락하지 않는다.

이주민이 되기 전, 나는 제주여행을 올 때마다 이런 제주 바다를 두고 돌아가기가 싫어 눈물이 났다. '제주바다에 미쳐서 여기까지 왔다'고 해도 과언이 아니다. 그래서 용감무쌍하게 제주 이민을 결행했고, 휴일마다 제주를 여행한다.

이런 내 시선으로 바라본 제주는 '익숙한 듯 낯선 얼굴'의 섬이다. 나는 이렇게 낯선 무언가를 좋아한다. 잘 모르니까 낯설고 어색하지만 그래서 더 호기심이 생긴다. 새로운 것에 앙꼬처럼 숨어 있는 설렘이 좋다.

때로는 여행자에 섞여 올레길을 걸어도 좋고, 그냥 혼자서 가까운 바닷가를 따라 산책하는 것도 좋다. 어떤 날에는 행선지도 정하지 않은 채 무작정 나갔다가 일주 버스를 타고 김녕 성세기 해변까지 가서 멍하니 바다만 보다가 돌아오기도 했고, 점심 무렵에 우도로 출발해 자전거를 타다가 돌아온 적도 있다.

제주에 온 뒤로 제주여행을 할 때 가장 좋은 점은 비 오고 흐린 날에는 그냥 편하게 집에 있어도 되는 '여유로움'이 생겼다는 것이다. 여행할 때는 아무래도 하루하루의 시간과 여행 일정이 너무 짧게 느껴져 "숙소에서 푹 쉬지 뭐~" 하는 여유를 부리기는 어려웠는데, 제주에 살면서는 오늘이 아니어도 언제든지 갈 수 있고, 이왕이면 더 좋은 날을 골라서 갈 수 있는 '선택의 여지'가 생겼기 때문에 주말 여행에 한가로움까지 만끽할 수 있게 됐다.

여행은 일상에서 잠시 떨어져 '다른 세상을 만나는 시간'인 동시에 일상에서 보지 못한 '삶의 단면을 관찰하는 일'이기도 하다. 그러니까 꼭 외국이 아니어도, 꼭 휴가를 내지 않아도 괜찮다. 그냥 일상이라는 시간 위에 올려진 '덤'이라고 생각하면 되지 않을까? 꼭 휴일에 가는 게 아니더라도 언제나 여행이 될 수 있다.

제주도는 동서남북이 전부 바다라 시내권에 살아도 마음만 먹으면 매일 바다를 볼 수 있다. 어떤 사람들은 탑동 해안가에서 매일 조깅을 하기도 한다. 나는 그 정도로 부지런한 사람이 아닌데다 아침잠이 많아 영화 속의 한 장면 같은 '해변의 조깅'은 한 번도 해보지 못했지만, 여름 저녁엔 거의 매일 일몰을 보며 산책한다. 집에서 10분만 걸어나가면 언제든지 바다를 볼 수 있다. 이런 소소한 일상의 순간은 서울에 살았다면 상상조차 하기 힘든 일이다.

바다를 제일 좋아하지만, 그래도 가끔은 바다 대신 숲을 찾는다. 오름도 좋고 곶자왈도 좋다. 제주의 숲은 어디든 맑은 공기를 마시며 나무 향기에 취할 수 있는 힐링 공간이다. 특히 곶자왈은 정말이지, 말 그대로 '신비로운 숲'이다. 그런데 이렇게 좋은 곳을 파헤쳐서 개발을 한다니 정말 안타깝다. 이미 그린벨트의 상당 부분이 개발규제가 풀린 지 오래고, 언론에서 떠들어대는 것처럼 제주 건축경기는 몇 년째 호황이다. 그래서인지 산림이 점점 파괴되고 있는 것만 같아 마음이 아프다.

내가 가장 오랜 시간 머무르는 일상의 공간, 우리 동네도 마음에 든다. 마침 내가 사는 곳은 벚꽃축제가 열리는 '진농로' 근처다. 비록 축제 기간에는 시끄럽지만, 이 동네에 살다 보니 오며 가며 벚꽃 구경을 마음껏 할 수 있어서 좋다. 남들은 주말에 시간 내서 구경오는 벚꽃을 이렇게 매일 볼 수 있으니 얼마나 행복한지 모른다. 덕분에 휴일에 벚꽃 구경 대신 다른 곳에 놀러 갈 수 있는 마음의 여유 하나를 더 벌어놓은 셈이다.

자기만족에 그칠뿐인 얘기일 수도 있겠지만, 나는 이 정도만으로도 불금을 비롯한 서울 생활의 장점을 충분히 상쇄할 수 있다고 생각한다. 제주에 살면서 제주를 여행하는 것은 그야말로 '일상의 덤' 아닐까?

우리는 신이 아닌 인간이니, 100퍼센트 만족하는 삶이나 완벽한 행복은 없다는 전제 하에 이렇게 제주 생활에 만족할 수 있는 것도 개인의 취향이고 성격이라는 말을 덧붙이고 싶다.

#태풍이 지나던 날

2016년 10월 4일 밤의 일이다. 써야 할 글이 있어서 밤샘 작업을 하고 있었는데, 그날 밤 태풍 차바가 제주를 지나가고 있었다. 밤 열 시쯤 부터 차츰 바람이 강해지더니, 열두 시가 넘어서면서부터는 세찬 바람이 창문을 거칠게 흔들었다.

밖에서 천둥번개가 치자 베로나가 오들오들 떨기 시작했다. 이 녀석은 무려 10킬로그램이나 되는 중형견이니 처음 데려올 때만 해도 나를 든든하게 지켜주리라 기대했지만, 알고 보니 덩치에 걸맞지 않게 겁도 많고 소심한 성격이었다.

일단 천둥번개가 보이지 않도록 블라인드를 내리고, 밖에서 들려오는 요란한 바람 소리를 희석하려고 이루마의 피아노 연주곡을 틀었다. 창문을 가렸더니 베로나도 조금씩 안정을 찾는듯했지만 바람 소리가 크게 들리고 그 울림이 집안까지 느껴질 때마다 화들짝 놀라서 이리저리 왔다 갔다 했다. 바람이 너무 강해서 집 전체가 들썩거리는 느낌이었다. 이렇게 강한 태풍이 올 줄 알았다면 창문에 테이프라도 붙였을 텐데……. 우리나라를 '스쳐'갈 거라던 기상청의 예보가 한 끝 차이로 틀리면 얼마나 큰 불안을 야기하는지 체감할 수 있는 시간이었다.

어차피 잠을 청하기는 그른 밤이었다. 바람 소리가 너무 커서 어차피 잠도 못 잘 것 같았고, 잔뜩 겁을 먹은 베로나에게 안정감을 심어주려면 내가 더 태연한 모습을 보여주어야 한다는 생각이 들었다. 나는 이렇게 몇 가지 이유로 작업을 계속해야만 했다. 그렇게 한 시간쯤 지났을까?

갑자기 정전이 되고 말았다.

맙소사! 정전은 예상치 못한 일이라 좀 당황스러웠다. 다행히 노트북으로 작업 중이었어서 파일이 날아가진 않았지만, 더 큰 사고가 날까 봐 불안해졌다. 일단 어둠부터 해결해야겠다 싶어서 핸드폰 플래시에 의지해 건전지를 찾고 작은 스탠드 조명을 켰다. 베로나는 정전 때문에 많이 무서웠는지 바들바들 떨고 있었다. 안아주면서 괜찮다고 진정시켜봤지만 별로 효과가 있는 것 같지 않았다.

밖에서는 이웃집 개들이 짖는 소리가 들리기도 했다. 나도 무서운데 이 녀석은 오죽할까 싶었다.

정전을 신호로 태풍이 절정에 달했다는 느낌이 들었다. '그렇다면 이제 지나갈 일만 남았겠지? 한두 시간이면 되지 않을까……'

나는 작업을 잠시 중단하기로 했다. 노트북 전원도 아예 끄고 베로나를 품에 안았다. 만에 하나 더 큰 사고가 생긴다면 어떻게 할지 생각해봤다. 가장 우려되는 상황은 창문이 깨지는 사태였다. 만에 하나라도 그런 일이 생긴다면 우선 1층에 사는 집주인에게 전화를 하고 필요한 경우 119에 연락하면 될 일이다. 빗물이 들이친다면 귀찮은 일이 더 생기긴 하겠지만, 어차피 집에 비싼 물건이 없으니 피해도 크지 않다는 계산이 서기도 했다.

그렇게 정리하고 보니 마음이 한결 편안해졌다. 내가 걱정할 일이 생길 확률은 아주 낮을 테고, 무슨 일이 생긴다고 해도 어렵지 않게 해결할 수 있다는 확신이 들었기 때문이다. 만약에 내가 시내가 아니라 중산간의 시골 마을에 살고 있었다면 당장 도움을 요청할 곳이 마땅치 않았을 것이다.

예상대로 한두 시간이 지나자 바람의 강도가 약해지고 있음을 확연하게 느낄 수 있었다. 전기도 다시 들어왔다. 고작 형광등을 다시 켤 수 있게 된 것뿐인데도 얼마나 기뻤는지 모른다. 베로나도 나랑 같은 마음이었는지 안정을 되찾고 숙면을 취하기 시작했다. 그제야 나도 다시 작업을 시작할 수 있었다. 이상하게 신이 났다.

어마무시했던 5일 새벽이 지나고 아침이 되자, 1층 집주인으로부터 안부 전화가 왔다. 어젯밤에 피해가 없었느냐며 어디 물이 샌다거나 문제 생긴 건 없는지 물었다. 나는 잠깐 정전 난 것 말고는 별다른 이상이 없었다고 대답했는데, 1층은 집에 물이 들어왔다고 했다. 얘기를 듣고 내려가 보니 조그만 마당이 쑥대밭으로 변해 있었다.

화초가 다 쓰러지고 온갖 나뭇잎이 어수선하게 널려 있는 가운데,

제법 굵은 나뭇가지도 처참하게 부러져서 나뒹굴고 있었다. 1층 집에 물이 얼마나 들이쳤는지는 알 수 없었지만 며칠 동안 물건을 내놓고 말리거나 수리하는 소리가 들린 걸 보니 오히려 2층에 사는 내가 별다른 피해 없이 지나간 게 감사한 마음이 들기도 했다.

뉴스 보도처럼 울산이나 부산의 피해가 컸지만, 제주 곳곳에서도 여러 가지 시설물 피해가 눈에 띄었다. 그런데 하늘은 또 새침하게 맑은 얼굴을 하고 있었다. 바람이 무슨 짓을 한 줄도 모르고.

그나마 동문로터리에 있는 키 큰 야자수는 지난 태풍을 잘 견뎌낸 모양이다. 사실 그럴 줄 알았다. 강풍에 부러지는 건 단단한 나무다. 가늘고 긴, 그리고 유연성이 뛰어난 야자수는 바람을 즐길 줄 안다. 지난밤 태풍에도 신명난 춤을 추었을 것이다. 지금은 아무 일도 없었다는 듯이 꼿꼿한 자세로 서 있지만. 어쩌면 이건 야자수의 생존전략이 아닐까 싶다.

이렇게 한바탕 전쟁을 치른 후, 나는 혼자 산다는 것을 다시 한 번 생각해보게 되었다.

많은 사람들이 내게 던지는 말,

"혼자 사는데 무섭지 않으세요?"

이 물음의 진짜 대답과 그 이유를 찾는 시간이었다.

'그래, 나는 혼자 사는 여자다.' 그래서일까? 많은 사람들이 내게 물었다.

"혼자 사는데 무섭지 않으세요?"

이 말에는 나에 대한 상대방의 호의가 깃들어 있다. 표면적으로는 질문이지만, 우리나라 사람들이 인사처럼 하는 말인 "밥은 먹었어?"처럼 관심과 걱정의 표현이라고 생각한다.

그런데 이들의 걱정에는 다 그럴 만한 이유가 있다.

이쯤에서 누구도 그동안 얘기하지 않았던 사실 하나를 짚어보려고 한다. 어쩌면 이건 많은 사람들의 '환상'을 산산조각 내는 이야기라 하지 않는 편이 좋을지도 모른다. 하지만 '내가 아니라면 또 누가 이런 얘기를 할까' 싶은 생각도 들었다. 나도 그동안 제주에 오기 전에 제주에 관한 책을 읽었지만, 그 어디에서도 이런 얘기는 없었다. 그래서 사람들은 예쁘게 포장된 제주만 보고 막연한 동경에 빠지게 되는 것 아닐까?

아름다운 자연경관, 여유 있는 사람들, 평화롭고 느린 삶, 전망 좋은 카페와 그림 같은 풍경……. 제주는 역시 매력적인 곳임에 틀림없다. 하지만 결코 예쁘게 포장된 단면만을 보아서는 안 된다.

정치는 생물이라는 말이 있는데, 나는 도시도 마찬가지라고 생각한다. 어떤 사람이든 장단점이 공존한다. 그런 사람들이 모인 삶의 공간이 아름다운 면만 갖고 있다면 그게 더 이상한 일 아닐까? 그러니까 단순히 여행이라면 또 모를까, 한 번쯤 살아보려고 생각한다면 더 꼼꼼히 따져볼 필요가 있다.

나는 겁이 많은 여자다.

태풍으로 정전만 돼도 어쩔 수 없이 불안해지고, 벌레가 출몰하면 너무 놀라서 몇 시간 동안 잠자리에 들지 못하고, 그날 밤에 꼭 벌레가 등장하는 악몽을 꾼다. 잠자리, 나비, 개미 빼고는 다 무섭다. 공포 영화는 예고편도 못 봐서 여름철에는 영화 시작 직전에야 입장한다.

서울은 어딜 가나 사람들이 많고 밤늦도록 불을 밝힌 점포와 수많은 가로등이 있어서 늦게까지 친구들과 놀 수 있었지만 제주는 해가 지면 길거리에 유동인구가 현저하게 줄어들기 때문에 되도록이면 일찍 집에 들어온다. 제주 시내에 살고 있지만, 여자 혼자 걷는 밤길은 언제나 위험하다는 느낌이 든다. 그래서인지 저녁 약속이 있는 경우엔 대부분의 사람들이 나를 집에 데려다준다. 그런데 이건 내가 겁이 많아서가 아니라, 실제로 위험하기 때문이다.

제주도는 4대 강력범죄 발생률 전국 1위다. 그것도 몇 년째 계속!

여기서 4대 강력범죄는 살인, 강도, 절도, 폭력에 해당한다. 듣기만 해도 끔찍한 단어들이다.

과연 이런데도 제주도가 안전하다고 말할 수 있을까?

예전에는 문 열어놓고 다녀도 도둑 한 번 안 든다고 말할 정도로 '범죄 없는 제주'였지만, 요즘은 상황이 많이 달라졌다. 무비자로 입국한 외국인의 유입도 그 원인으로 지적되고 있다. 적발되지 않은 불법 체류자가 무려 8,500명에 육박한다. 지역사회에서도 "이제는 문

열어놓고 다니지 말라"고 당부한다. 범죄를 저지르고 싶은 마음이 행동으로까지 이어지기 쉬운 환경을 만든다는 게 그 이유다.

사회적 이슈였던 연동 성당 살인사건 이전에도 제주 시청 부근에서 살인사건 용의자가 시청 대로변에서 칼을 든 채 검거된 사건이 있었고, 그 전에는 시청 앞 공중화장실 성폭행 미수 사건도 있었다.

중앙언론에 기사로 다뤄지는 건 극히 일부분이다. 때문에 나도 제주도를 여행으로만 오갈 때는 이런 사실을 몰랐다. 그래서 혼자서 올레길도 막 다니고 겁 없이 쏘다녔지만, 지금은 절대로 혼자서 올레길 탐방에 나서지 않는다. 상황이 이렇다 보니 솔직히 나는 제주도가 안전하다고 자신 있게 말할 수 없다.

살인, 강도, 성폭행, 묻지 마 범죄……. 끔찍하고, 섬뜩하고, 몸서리치게 무서운 일이다. 이런 소식을 접할 때마다 등골이 오싹해진다. 이쯤 되면 겁 많은 내가 어떻게 여태까지 제주에 살고 있는지 의문이 들지 않을 수 없다.

하지만 "혼자 사는데 무섭지 않냐"는 질문에 굳이 답을 한다면, "무서울 때도 있지만 괜찮다." 그러니까 살지, 안 그렇다면 어떻게 살겠나?

내 말이 선뜻 이해되지 않는다면, 좀 더 단순하고 쉽게 바꿔보자. 나는 제주에 온 것을 엄마한테 '제주 이민'이 아니라 제주로 '이사' 왔다고 말했다. 이민은 어렵고 이사는 쉽기 때문이다. 말장난처럼 보이지만, 말이 담고 있는 관점 자체가 다르다. 마찬가지로 사람들은 나를 볼 때 '제주에 혼자 사는 여자'라는 필터를 장착하고 본다. 여기서 '제주에'라는 전제를 빼고 본다면 어떨까? 서울에 혼자 사는 사람은 수두룩하다. 물론 나도 불과 몇 년 전까지만 해도 그중에 하나였고.

그렇다면 서울이라고 뭐 다른가? 1인 가구가 500만 명이 넘는다고 하는데, 그들에게 "무섭지 않느냐"는 질문을 던진다면 어떤 대답이 돌아올까? 어쩌면 간혹 어이없다는 듯한 반응을 보이는 사람도 있을지 모른다.

"뭐 나만 혼자 사나?"

"그런 사건사고 일어나는 게 어디 하루 이틀 일이냐……."

맞는 말이다. 걱정과 불안으로 삶을 지속할 수는 없기 때문이다. '강남역 살인사건'이 났을 때 그 일대를 지나다니던 사람들은 얼마나 무서웠을까? 많은 사람이 불안과 공포에 휩싸였지만, 그 감정을 지금까지 갖고 있는 사람은 극히 드물 것이다. 대부분은 이제 아무렇지 않은 듯 일상적으로 그 길을 지나다닌다.

결국 이런 공포와 무서움을 감당하는 것은 어떤 장소나 지역의 문제가 아니라 어떤 마음과 사고방식을 가졌느냐에 달렸다. 그러니까 서울에서 혼자 살 수 있는 사람이라면 제주에서도 가능하지 않을까?

그럼에도 불구하고 내가 남달라 보인다면, 그건 그들의 머릿속 깊이 숨어있는 '여자'라는 선입견 때문일지도 모른다. 물론, 여자이기 때문에 범죄의 대상이 될 확률이 더 높음은 분명 인정해야 할 사실이다. 그런데 이건 서울에서도 마찬가지고, 아직까지는 개인이 조심하는 수밖에 없는 것 같다.

조심하면 됐지, 걱정까지 할 필요는 없다.

지나친 걱정은 행복을 가로막는 걸림돌이 된다.

'주말인데 더 놀고는 싶고 내일 출근은 걱정되고……. 아, 내일 어떻게 출근하지?' 이런 걱정을 하는 사람은 걱정하느라 온전히 즐기지도 못한다. 내일 출근은 할 수 없는 일이다. 요즘 미니멀 라이프가 유행인데, 간혹 이렇게 마음에도 다이어트가 필요한 사람들이 있다.

지나친 욕심이 마음을 병들게 한다. 불필요한 걱정은 좀 떨쳐 버리고 사는 요령이 필요하지 않을까. 안 그래도 알쏭달쏭 복잡한 인생인데, 꼭 필요한 걱정만 하면서 살았으면 좋겠다.

어떤 사람들은 나에게 용기가 대단하다고 한다. 이건 사실과 좀 다른 면이 있다. 나는 일어나지 않을 일이나 확률이 아주 낮은 일까지 걱정하느라 시간과 마음을 쏟는 게 아깝고, 그런 걱정 때문에 지금 하고 싶은 일을 앞에 두고 갈팡질팡하는 게 싫을뿐이다. 그러니까 나는 용기가 많다기 보다는 그저 원하는 것을 향해 돌진하는 행동파에 가깝다. 그런 모습도 남들 눈에는 용감해 보이고 열심히 사는 것처럼 보이는 모양이다. 한편으로는 이런 성격 덕분에 겁이 많아도 이렇게 살 수 있는 거 같아 다행이다.

두 번째, 그리고 세 번째 겨울이야기

.

내가 제주에서 첫 번째 겨울을 보내며 뼛속 깊이 깨우친 사실이 있다.

첫째, 일기예보에 등장하는 온화한 숫자를 믿어서는 안 된다.
둘째, 제주의 겨울바람은 시멘트를 통과하는 초강력 냉풍이다.
셋째, 난방비가 매우 사악하다.

이 세 가지 교훈은 해마다 찾아오는 겨울 추위를 대비할 때의 핵심
사항이다. 일기예보에 나오는 숫자만 믿고 월동대비를 늦췄다가는
갑자기 추워져 옴짝달싹 하지 못한다. 그래도 제주도는 겨울에 포근
하지 않으냐고 묻는 친구가 많은데, 그 말이 듣기 싫을 정도로 매서운
한파가 몰아친다. 오히려 바람 때문에 체감온도는 서울보다 훨씬 더
춥게 느껴진다.

그렇게 추운 겨울을 다시 만난 건 제주시에 있는 2층 집에서다. 나
는 평소에도 추워서 감기 걸리고 병원 다니느니 차라리 난방비를 좀
쓰는 쪽이 훨씬 이득이라고 생각해서 계속 보일러를 틀었다.

그런데 집이 훈훈하다는 느낌이 전혀 들지 않았다. 그리고 다음

달, 보일러와 전기요금을 합쳐서 월 난방비만 20만원이 넘게 나왔다. 이건 뭔가 잘못되었다는 생각이 들었다. 서울에서는 이 정도로 난방비를 쓰면 집안에서 반바지 반팔로 활보할 수 있을 정도로 따뜻하게 지낼 수 있다. 도시가스로 10만 원 정도만 떼도 집안이 훈훈, 발바닥이 뜨끈뜨끈한 경험을 했는데, 제주도의 난방시스템은 그 가성비가 확연히 떨어진다는 걸 알았다. 보일러 가동과 함께 각종 전기히터를 써도 틀을 때만 좀 따뜻하지 그 훈기가 오래 가지 않았다. 돈은 돈대로 쓰는데 내 기대만큼 따뜻해지질 않으니 답답하고 억울하기도 했다.

난방 효율이 나지 않는 이유는 역시 바람 때문이다. 문이라는 문은 전부 닫고 있는데도 방 안에 걸린 쉬폰 커튼이 쉴 새 없이 하늘거리는 게 아닌가? 아니, 외풍이 이렇게 심할 수가 있나? 흔히 '웃풍'이라고 하는 그것이 상상을 초월하는 수준이었다. 왜 제주 전통 가옥이 집 전체를 돌담으로 에워싸는지 알만했다. 분명 교과서에서도 배운 내용이지만, 그 돌담의 소중함은 실제로 겪어봐야 알 수 있다. 그렇게라도 1차로 바람막이가 있어야 난방의 의미를 찾을 수 있는 것이다. 단열 뽁뽁이가 괜히 불티나게 팔리는 게 아니었다.

그런데 나는 사방이 뻥 뚫린 주택 2층에 살고 있어 바람막이가 되어줄 것이 하나도 없다. 앞에 큰 건물이 없어서 한라산이 잘 보인다고 좋아했더니만, 햇살만 잘 들어오는 게 아니라 그만큼 바람도 잘 드나

든다. 바람이 많은 날엔 마치 집이 숨을 쉬는 것 같았다. 제주에서 쾌
적하고 따뜻한 겨울을 보내고 싶다면 효율적인 난방시스템을 구축
해야 한다.

일단 제주에는 도시가스가 공급되지 않기 때문에 석유보일러 아
니면 LPG 가스보일러를 쓰는 집이 대부분이다. 내가 제주에 내려
와서 처음 산 서귀포 집은 석유보일러였고, 두 번째와 세 번째 집은
LPG가스였다. 그렇다면 제주의 그 많은 호텔과 아파트에서는 대체

어떻게 난방을 하는 것일까?

내막을 알아보니 지하에 LPG가스 저장고를 만들어놓고 도시가스처럼 배관을 연결해 공급하고 요금을 청구하는 시스템이었다. 그런데 서울도시가스에서 사용하는 LNG가스가 아니라 LPG가스인데다 육지에서 수송해오기 때문에 서울도시가스보다 더 비싸게 판매하는 것이다(심지어 업체마다 가격도 천차만별이다).

이 집으로 이사 왔을 때 집주인이 내게 가정용 가스난로를 추천해준 게 기억난다. 흡사 LPG가스의 축소판처럼 생긴 뚱뚱보 가스통을 끼우면 전면 히터에 불이 들어오는 난로다. 나는 그렇게 무식하게 생기고 냄새나는 물건을 집 안에 들여놓고 싶지 않았지만 어쩔 수 없었다.

제주도에 있는 작은 가게나 사무실에서는 이런 가스난로나 석유난로를 흔히 볼 수 있다. 근데 이런 난로의 단점은 익히 알듯이 석유냄새가 많이 난다거나, 산소를 태워서 실내공기를 탁하게 만든다는 것이다.

그래서 나는 보조 난방 기구로 전기난로, 컨백션 난로, 전기장판, 라디에이터 등 다양한 난방용품을 써보았다. 외풍이 너무 심해 바닥난방만으로는 집안에서 훈훈한 공기를 느끼기 어려웠기 때문이다.

이 보조난방 기구 중에서 체감할 정도의 온열 효과를 보여준 것은 다름 아닌 라디에이터였다. 무엇보다 다른 종류의 난로처럼 냄새가

난다거나 산소를 태우는 방식이 아니라서 안심이 됐고, 연료가 떨어질 때마다 배달시켜야 하는 번거로움도 없었다. 전기요금은 좀 나오지만 그만큼을 지불할 정도로 집을 따뜻하게 만들어 주었다. 공기가 따뜻하니 전기장판 없이도 춥지 않게 잘 수 있었는데, 구스토퍼와 극세사 이불의 조합도 꿀잠을 자는 데 일조했다.

욕실에는 LPG가스와 연결된 온수기가 설치되어 있는데, 이것도 제주에서 처음 보는 신통방통한 물건이다. 동작하는 즉시 뜨거운 물이 콸콸 나오고 교체주기도 길다. 무엇보다 실내 바닥 난방의 가동여부와 상관없이 언제든지 뜨거운 물이 잘 나오는 게 신기하고 놀라웠다. 아주 유용한 물건이라고 생각해서 친구들한테 얘기해줬는데, 제주에는 의외로 온수기를 쓰는 가정이 많았다. (혹시 나만 모른 걸까?)

제주에서 몇 년 동안 살아보니 내가 만약 제주에 집을 지으면 어떻게 해야 좋겠다는, 일종의 가이드라인이 점점 구체화되었는데, 실현 가능성은 쥐뿔도 없지만 그래도 이따금씩 그런 상상을 해보면서 나의 이런 시행착오와 웃지 못할 경험이 빛날 날을 꿈꿔 본다.

제주의 겨울나기를 도와주는 물건들

물품명	용도&좋은 점
라디에이터	산소를 태우지 않고 공기를 따뜻하게 해줘서 안전하고 냄새도 나지 않아 좋다. 15핀짜리를 쓰고 있는데, 사용하기에 따라 5만원~8만원 정도의 전기요금이 나온다.
전기요	어느 집이나 하나쯤 가지고 있을 법한 겨울용품. 제주에서도 빼놓을 수 없다.
뽁뽁이&문풍지&신문지	제주는 한겨울에도 영하로 떨어지는 날이 거의 없지만 바람 때문에 집안으로 들어오는 찬바람을 차단하는 게 관건이다. 미관상 좋진 않지만 뽁뽁이와 문풍지 붙이기는 필수! 창문 샷시 틈새에 신문지를 말아서 끼워두면 찬 바람을 차단하고 결로를 흡수하는 효과가 있다.
바람막이 커튼 or 부착식 블라인드	창 밖에서 들어오는 차가운 공기를 한 단계 가두어주는 효과가 있다. 별 거 아닌 것 같지만 커튼 안쪽과 바깥쪽의 온도 차이가 느껴질 정도다. 부착식 블라인드는 뽁뽁이를 붙인 창문 위에 붙여도 좋고 외풍이 심한 벽면에 붙여도 좋다. 가격도 저렴한 편이고 설치와 철거가 간편하다.
욕실용 난방기기	밀폐된 공간에서 물을 사용하는 공간 특성상 신중하게 선택해야 한다. 욕실용 라디에이터나 전구형 난로를 추천한다.
침구	요즘 대세 겨울 침구는 역시 구스다. 나도 구스토퍼, 구스이불을 쓰고 있는데, 감촉 면에서는 극세사 이불이 더 좋아서 이불을 두 개 덮을 때도 있다.
유단포	일본 사람들이 많이 쓴다고 하는 유단포는 크게 고무와 아연소재로 나뉘는데, 나는 아연소재 유단포를 쓴다. 자기 전에 발 밑에 두고 자거나 옆구리에 끼고 자면 전기장판을 틀지 않아도 후끈후끈할 정도다. 매번 물을 끓여서 넣어줘야 한다는 번거로움이 있지만 전자파도 없고 전기세도 절약된다는 장점이 있어서 겨울철 효자 아이템이다.

의류	겨울철 실내복으로는 가볍고 따뜻한 폴라폴리스 소재를 추천한다. 밑창이 두툼한 실내화, 수면양말, 수면잠옷도 난방비를 아껴주는 생활 필수템이다.
붙이는 핫팩	장시간 외출 시에는 옷 안 쪽에 붙이는 핫팩을 사용한다. 겨울이 시작되면 마트에서 잔뜩 사다가 그야말로 쟁여놓고 쓰는 물품이다.

#겨울엔 찜질방 대신 여기로

내가 서귀포에서 집을 구하던 시절에 이 동네 저 동네 돌아다니면서 제일 신기하다고 느낀 점은 동네에 목욕탕, 세탁소, 노래주점이 많다는 것이었다. 그중에서도 내 눈에 가장 이색적으로 보인 풍경은 아직도 성업 중인 굴뚝 목욕탕이다.

내가 굴뚝이라는 걸 마지막으로 본 게 언제쯤이었는지 기억도 가물가물한데, 작고 낮은 건물 사이에서 저 혼자만 높이 솟아 있는 굴뚝을 쳐다볼 때마다 그 존재감이 더 크게 부각되어 인상적이다. 한 번 관심을 갖기 시작하니 굴뚝이 없는 작은 목욕탕도 곳곳에서 눈에 띄었다. 이 말은 아직도 목욕탕을 이용하는 손님이 꾸준히 있다는 뜻이기도 하다. '제주도엔 목욕탕이 참 많구나.'

이듬해 제주시로 이사를 왔더니 굴뚝 목욕탕은 몇 군데 밖에 보이지 않았다. 여기서 지역 개발과 함께 사라졌을 목욕탕의 빈자리를 채워주고 있는 건 찜질방이 아니라 해수사우나와 해수온천이다. 서울과 달리 찜질방 간판은 거의 안 보이고, 대부분이 '탕'이다.

나는 대중탕을 별로 좋아하지 않는 편이라 여태껏 찜질방도 친구 따라 몇 번 가본 게 전부인데, 제주의 입욕 문화(?)가 이렇게나 번창

하고 있다는 게 놀라울 따름이었다. '역시 할머니가 많아서 그런가?' 하는 생각과 함께 이번에도 그냥 지나쳐버렸다. 그렇게 몇 번의 계절이 바뀌는 동안 '탕'에 대한 관심은 점차 멀어져갔다.

그러던 어느 날, 두 번째 겨울을 맞이한 나는 다시 해수사우나 같은 간판을 유심히 쳐다보게 되었다. 분명히 뜨끈뜨끈하고 시원할 텐데 들어가기 망설여졌다.

굳이 내 기억 속에서 그 이유를 찾아보자면 아주 오래 전으로 거슬러 올라가야 한다. 어렸을 때 가족과 함께 온천 같은 곳에 놀러간 적이 있다. 그곳에는 할머니들이 아주 많이 있었는데, 내가 탕에 들어가자마자 한 할머니가 가까이 다가오더니 내 가슴을 쓱 만지더니 소리 높여 말했다.

"어머, 애 가슴 좀 봐! 예쁘다 애~."

테러를 당한 순간, 나는 고래고래 소리를 지르며 그곳에서 바로 빠져나왔다. 그런 내 뒤로 할머니들의 웃음소리가 울려 퍼졌다. 내게 이 사건은 한창 감수성이 예민하고 어린 나이였기에 더더욱 충격적인 기억으로 남을 수밖에 없었다.

할머니는 그저 어린 손녀딸을 대하듯 편한 마음으로 아무런 거리낌 없이 손을 갖다 댔겠지만, 내 입장에서는 일면식도 없는 낯선 할머니에게 봉변을 당한 것이었다. 내가 아무리 할머니들을 좋아하고 이해하려고 노력해봐도 그때 일은 기습적인 '가슴 테러' 사건이었다고 밖에 설명이 안 된다. 그래서 나는 이 사건을 계기로 대중탕과 점점 멀어졌다.

그 날의 기억은 트라우마처럼 지금까지 선명하게 남아있지만, 뼛속까지 찬바람이 스미는 제주의 겨울은 나로 하여금 다시 '온탕' 주변을 기웃거리게 만들었다. 그렇게 오며가며 열심히 관찰한 끝에 드디어 한 번 가봐야겠다고 마음을 굳힌 건 몸살이 날 것처럼 욱신욱신 쑤시고 으슬으슬 하던 찰나에 해수사우나를 애용한다는 지인의 적극적인 추천 때문이었다. 그렇게 소개로 찾아간 곳은 손님도 많지 않았고 제법 관리가 잘 되어 있어서 뜨끈한 해수탕을 마음껏 즐길 수 있었다.

피로를 풀고 나니 다른 곳에도 가보고 싶은 마음이 생겼다. 바로 유명한 산방산 탄산 온천이다. 나는 뭐든지 결심했다하면 바로 행동하는 편이라 그 다음 주에 바로 찾아갔다. 제주시에 있는 집에서 산방산 온천까지는 꽤나 먼 거리라 출발한 지 한 시간 반이 지나서야 겨우 도착할 수 있었다. 차타고 가는 일만으로도 벌써 지치고 피곤했지만, 그래도 이제 휴식을 취할 일만 남았다고 생각하니 마음이 가벼웠다.

역시 인기 있는 온천이라 사람이 좀 많았다. 한쪽에는 아줌마가, 다른 한쪽에는 할머니들이 모여 있고, 사이사이에 여행 온 걸로 보이는 젊은이도 몇 명 보였다. 어느 쪽으로 갈까 잠시 고민한 끝에 아줌

마을 근처로 가서 자리를 잡았다. 꽁꽁 얼어 있던 어깨부터 다리까지 온몸의 피로가 한꺼번에 사르륵 녹아내리는 듯한 기분이었다.

'아! 역시 겨울엔 온천이 최고야. 이 좋은 걸 여태 안 하고 살았다니……'

일반 온천수와 달리 공기방울이 피부에 착 달라붙는 게 신기하기도 하고, 뼈마디가 시원한 느낌이 들었다. 그렇게 꿀 같은 휴식을 취하고 있는데 입구 쪽에서부터 시끄러운 여자 목소리가 들려오기 시작했다. 들어오는 걸 보니 네 명의 중국인이었다. 옆에 있는 제주도민 아줌마들도 조용한 건 아니었는데, 중국 여자 네 명의 목소리는 다른 사람의 말소리를 전부 삼켜버릴 정도로 크게 울렸다. 가까이 오지 않기를 바라고 있었지만 순식간에 네 명이 내가 있는 탕으로 나란히 들어와 쉴 새 없이 떠들었다.

그녀들이 들어오자 곧이어 옆에 있던 아줌마들이 다른 탕으로 자리를 옮겼다. 나도 딴 데로 옮길까 싶기도 했지만, 지금 있는 곳의 물이 좋은 것 같아 한 번 버텨보기로 했다. 마음속으로 좋아하는 노래를 부르며 가만히 눈을 감았다. 그러고 있으니까 왠지 도를 닦는 느낌이었다. 어느 순간부터는 내 귀에 거슬리던 중국어가 점점 백색소음이 되어 귀에서 사라지는 걸 느낄 수 있었다. 이게 노래의 힘인지 중국어를 못 알아들어서인지는 모르겠지만, 어쨌든 그렇게 내 몸에 유익한 시간을 보내고 나오니 몸이 그렇게 개운할 수 없었다. 제주의 칼바람에 뼈마디가 시릴 정도로 추위를 많이 타는 나에게는 역시 온천만큼 좋은 피로회복제가 또 없다. 이 좋은 걸 여태 못하고 살았다. 다행히 제주의 겨울 추위가 유년시절의 악몽을 이겨내는 데 한몫한 것 같다.

　사실 이곳에 가기 전에는 중국인 관광객이 많이 온다는 소문 때문에 기대 반 우려 반이었다. 그런데 오히려 육지에서 온 관광객이 더 많았던 것 같다. 그래도 뭐, 내 몸에 손을 대는 것도 아닌데 수다쯤이야.

#반짝이는 서울의 밤, 검고 푸른 제주의 밤

향수병이라도 걸린 건 아닌지 의심스러울 정도로 가끔, 아니 어쩌면 더 자주, 서울 곳곳을 배회하는 꿈을 꾼다.

덕수궁, 경복궁, 남산, 홍대, 삼청동, 한강, 잠실야구장, 강변북로, 여의도, 대학로……. 수없이 많은 거리와 추억의 장소들이 나오지만 그 중에서도 압도적으로 자주 등장하는 건 바로 한강의 밤 풍경이다. 처음에는 내가 이렇게 꿈을 꿀 정도로 한강을 좋아했다는 걸 인지하지 못하고 있었다. 물론 한강을 좋아하긴 했지만, 그렇다고 진지하게 '내가 한강을 좋아하나?' 하고 생각할 정도의 대상은 아니었다. 서울에서 한강이라는 존재는, 그냥 너무도 당연하게 그곳에 있고 일상적으로 지나치는 곳이니까.

그런데 이 한강이 꿈속에서는 얼마나 낭만적이고 아름답게 보이는지, 특히 한강의 야경이 내 마음을 잡아끌었다. 잠에서 깨고 나면 한강에 가고 싶어서 심장이 울렁거릴 정도다. 그제야 생각해보니 한강은 나로 하여금 애틋한 감정을 불러일으키는 장소였다.

내겐 너무도 애틋한 한강의 밤

저녁이면 한강을 사이에 두고 줄줄이 늘어선 다리마다 가로등과 조명이 켜지고, 야근하는 사람으로 가득한 빌딩에서는 유난히 더 밝은 불빛이 새어나온다. 한강 다리 위를 오가는 자동차들은 노랗고 빨간 헤드라이트 불빛을 쏟아내며 저마다의 안식처로, 혹은 누군가에게로 달려간다. 사람이 쌓아 올린 높은 빌딩과 그곳에서 일하는 사람들, 수많은 다리를 배경으로 보란 듯이 큰 강이 한가롭게 흐른다.

서로 어울리지 않는 것들의 조합이라 이상하고, 외롭고, 때로는 쓸쓸하지만, 그럼에도 불구하고 서울이라는 도시가 가장 아름다워 보이는 순간은 밤이 아닐까? 삭막하기만 한 것 같은 도시에 어둠이 내리면 거리의 불빛이 어느새 마음의 틈을 파고들어와 따뜻하게 물들인다. 내 고향 서울, 애증의 도시 서울에 약간의 낭만과 온기를 수혈해주는 그 시간의 풍경을 사랑했다.

이토록 좋아하는 서울의 밤 대신 내가 선택한 건 제주의 낮이었다. 서울에 살면서 한강은 실컷 봤으니, 이제 강보다 넓은 바다를 보면서 살면 더 좋겠다는 기대도 있었다.

이 그림은 내가 제주 생활을 꿈꾸던 시절에 그린 그림인데, 굳이 설명을 하자면 제주의 낮과 서울의 밤을 그려놓은 것이다. 제주의 낮과 비교할 정도로 서울의 밤을 좋아했다는 걸 짐작케 하는 그림이다. 그래도 제주도가 이긴 이유는 내가 한 번도 경험해보지 않은 생활이기 때문이다. 좋아하는 풍경을 자주 보는 방법은 단 하나, 그런 환경에 나 자신을 옮겨 놓는 것뿐이다.

앉은 자리를 바꾸지 않으면
눈앞의 풍경은 달라지지 않는다

어느 정도 예상한 일이지만, 제주의 밤은 서울과는 상당히 다르다. 반짝이는 한강의 야경만 없는 게 아니다. 제주엔 밤문화가 거의 없고, 해가 지면 집에서 가족과 함께 하며, 불금도 거의 없다. 단순한 노래방보다 단란주점이 많은데, 제주도에서는 가족끼리 단란하게 노는 곳이 단란주점이라는 얘기를 들었다. 솔직히 단란주점에 선입견을 갖고 있어서 이 말을 100퍼센트 신뢰하진 않지만, 이 말을 해주신 분도 가정이 있는 어른이어서 꼭 나쁘게만 볼 건 아니라는 생각에 사족을 덧붙인다.

제주에 살아보고 나서야 '강'과 '바다'에서 전해지는 밤의 느낌이 어떻게 다른지 조금이나마 알았다. 그런데 이것도 도시인지 지방인지에 따라 그 느낌이 천차만별이다. 산 좋아하는 사람은 산마다 느낌이 이렇다 저렇다 얘기하듯이 제주도 바다도 지역별로 또 다른 느낌다. 아직 동서남북에 다 살아보지 못해서 잘은 모르지만, 계절 중에서는 여름 밤바다가 제일 좋다. 어떤 날에는 밤바다에 가서 내 안의 고민과 슬픔을 던진다. 그러면 하얀 파도가 부서지는 것처럼 근심도 녹아 없어진다. 그렇게 내가 다시는 찾을 수 없는 곳으로 사라져버린다.

해가 지고 어둠이 찾아들기 시작하면 검고 푸른 제주 바다를 밝히

는 불빛이 수평선 위로 그 모습을 드러낸다. 특히 한치잡이가 한창인 여름에는 꽤 많은 배가 조업을 나와 있어서 제법 볼 만한 풍경이 연출된다. 한치잡이 배들이 없는 철에는 이런 불빛 대신 곳곳의 등대 조명이 바다를 향해 신호를 보낸다. 그런 풍경은 좀 더 외로운 느낌이 들어서 잘 보러 가지 않는다.

여름이면 수평선을 환하게 수놓은 한치잡이 배를 보며 시원한 캔

맥주 한 잔 함께 마시고 싶은 사람이 많다. 술을 잘 못 마시는 편이라 분위기만 잡는 수준이지만, 그래도 밤바다 앞에서 한잔하는 그 기분은 한강에 못 가는 아쉬움을 달래기 충분하다.

5: 제주의 선물, 작지만 큰 일상을 돌아보며

#휴가는 서울로

나는 며칠의 휴가가 생기면 종종 서울에 다녀오곤 한다. 어떤 사람들은 귀한 휴가를 서울에서 보내는 게 아깝지 않느냐거나 서울이 지겹지 않느냐고 묻는다. 대부분은 이렇게 '서울에서 보내는 시간'에 부정적인 시선을 담고 있다. 내가 아무리 "서울이 싫어서가 아니라, 제주에 살아보고 싶어서" 내려왔다고 말을 해도 그냥 곧이곧대로 받아들이는 사람이 거의 없다. 내가 느끼기에 이건 서울에 있는 친구나 제주 사람들이나 마찬가지다. 그래서 누가 그렇게 말하거나 말거나 별로 개의치 않는다. 단지 그들의 서울과 나의 서울이 다른 것이기에, 내게 서울이 갖는 의미에만 집중할 뿐이다.

내가 서울에 갈 때마다 제일 좋아하면서도 어려워하는 일은 사람 만나기다. 짧게는 2박3일, 길면 4박5일 정도 되는 짧은 일정에 여러 명을 몰아서 만나야 하기 때문에 체력적으로나 시간적으로 보통 힘든 게 아니다. 그러다보니 그동안 친구의 SNS에서 눈여겨본 곳을 한번 가보고 싶은데도 포기해야 하는 경우가 부지기수다. 최대한 동선을 줄여서 많은 사람을 만나려 노력하지만, 그럼에도 불구하고 항상 모든 사람을 다 만나고 돌아오진 못한다. 하물며 부모님도 서울에 갈 때마다 찾아뵙지는 못하고 있으니, 누구든 자기가 우선순위에서 밀려났다고 섭섭해하지는 않았으면 좋겠다.

그래도 내 입장에서는 서울 갈 때마다 만날 사람이 있다는 게 다행스럽고 감사한 마음이 든다. 혹시라도 '언젠가 더 이상 만날 사람이 없어지면 어쩌지?'하는 걱정도 하지 않는다. 마음만 있으면 멀리 있어도 관계는 지속된다. 이런 믿음을 주는 사람들이 있어 내겐 아직도 서울이 따뜻하게 느껴진다.

이런 훈훈한 감정과는 무관하게, 점심 저녁으로 하루에 두 건씩만 약속을 잡아도 금세 피곤해지는 건 또 다른 얘기다. 내게 서울은 아주 익숙한 도시라서 아무리 오랜만에 올라가도 어지간한 서울의 풍경에는 쉽게 동화되고 '잘 아는 곳'에서 오는 편안함을 느낀다. 그런데 이렇게 자연스러운 능숙함과는 달리, 서울 사람의 아주 일상적인 장면을 보면서 놀랄 때가 많다.

이를테면 지하철이나 버스에서 좀비처럼 머리를 흔들며 깊이 잠든 사람을 볼 때나 노약자석에 앉지 못한 임산부를 볼 때, 흡사 경보대회를 방불케 할 정도로 빠르게 걷는 사람들 사이에서 그들과 보조를 맞추어 걷는 것이 무의미하다고 느껴질 때, 거리의 소음보다 더 큰 목소리로 판촉을 하는 사람들을 볼 때가 그렇다. 내 눈에 비친 그들의 모습은 불과 몇 년 전의 내 모습이고, 내 친구의 모습이기도 하다. 그래서 너무도 잘 아는 서울 사람의 일상적인 고단함이 더욱더 애석하고 애잔하게 다가오는 순간마다 '과연 이 사람들은 행복할까?' 하는 궁금증과 함께 내 마음에도 정체불명의 피로감이 쌓인다.

서울에서 느끼는 마음의 피로를 푸는 나만의 방법은 사람들을 만나는 짬짬이 가까운 갤러리를 찾아 전시를 보는 것이다. 처음 미술에 관심을 가진 건 방송 때문이었지만, 점점 미술관이라는 공간 자체에 빠져들었다. 어딜 가나 시끄럽고 복잡하며, 정신없이 빠르게 돌아가는 서울에서 내가 잠시 숨 쉴 수 있는 공간이라는 느낌을 받기 때문이다. 조용한 공간에 나지막하게 흐르는 음악, 적당한 여백, 그리고 내 앞에 마주 놓인 작품. 이 모든 것이 완벽했다. 처음엔 그 공간을 즐겼고, 그러다 왠지 모르게 마음에 드는 작품을 보면 한참동안 그 앞에 머물렀다. 그 작품을 통해 나 자신과의 대화를 나누는 시간이기도 했다. 그렇게 단 하나라도 내 마음을 꼭 움켜쥔 듯 뭉클하게 만드는 그런 작품을 보고 나오면 세상이 다 행복해보였다.

언젠가 K가 내게 말했다.

"장소를 좋아하는구나."

딱 맞는 말이다. 나는 서울에 있는 특정 장소들을 사랑한다. 그 중에서도 한강과 덕수궁은 독보적이다. 미술관도 그렇지만 내가 왜 이곳들을 좋아하는지 곰곰이 생각해본 적이 있다.

먼저 한강을 왜 그렇게 좋아하냐고 묻는다면 도시가 쓸쓸해서 그렇다고 대답하고 싶다. 한강을 가만히 보고 있으면 그 물결처럼 지나가버린 내 지난 삶이 떠오르곤 한다. 때로는 많이 속상했고, 그래서 많이 울었고, 또 행복했고, 그리운 날들의 기억이 녹아 있는 한강은 추억의 실종을 경험하면서 더 의미 있는 장소가 되었다.

알다시피 서울은 변화가 빠른 도시라 한때 아지트처럼 좋아하던 그 많은 추억의 공간이 어느 순간 흔적도 없이 사라져버리고 만다. 눈에 보이지 않는다고 추억이 지워지지는 않겠지만, 그래도 분명 유쾌한 경험은 아니다. 그렇게 무수한 추억의 장소를 잃었지만 고궁과 한강은 여전히 아름답게 자리를 지킨다.

아마 내가 죽을 때까지도 서울에는 계속 무언가가 생기고 없어지기를 반복하겠지만 그래도 이 두 가지만은 변함없이 그 자리, 그 시간에 머물러 있을 것이다. 나는 그래서 서울에 갈 때마다 그 소중한 장소들을 마음에 담는다.

그런데 정작 서울에서 제주로 돌아오면, 서울에서 좋았던 것은 까

맑게 잊어버리고 제주밀착형으로 금세 사람이 바뀐다. 조용하고 한산한 해변을 유유자적 걸으며 제주의 바람을 한껏 들이마신다. 그리고 새삼스레 딱 한 가지 마음이 든다. 지금 내가 제주에서 누리고 있는 이 소박한 행복이 얼마나 소중한지 감사한 마음이 드는 것이다.

그래, 어쩌면 나는 이런 마음을 느끼려고 서울에 가는지도 모르겠다.

#서울엔 있고 제주엔 없는 것들

"있었는데 망했지."

백화점이 어디에 있냐고 물었더니 돌아온 말이다. 예전에 한 군데 있었지만 장사가 잘 되지 않아서 결국 철수했다고 한다. 60만 인구가 사는 큰 섬에 그 흔한 백화점, 아울렛 하나 없다는 것도 놀라웠지만, 망해서 나갔다는 말은 더 쇼킹했다.

그렇다면 제주도민들은 대체 어디서 쇼핑하는 걸까?

어느 날 아는 동생 K가 새로운 스타일의 옷을 입고 나타났다. 아래위로 새 옷을 샀다며 기분 좋은 얼굴로 자랑을 하기에 어디서 샀냐고 물어봤다. K는 해맑게 웃으며 "어제 오일장 가서 5천 원에 샀다"고 말한다. 그리고 일주일 뒤에 J를 만났다. 날씨가 추워질 무렵이라 바닥에 뭐 좀 깔아야겠다고 했더니 반색을 하며 오일장에 가서 사라고 추천했다. 자기도 며칠 전에 오일장에 가서 엄청 큰 러그를 득템했다며, 원래 5만 원 달라는 걸 몇 번씩 깎고 깎아서 3만 5천 원에 샀다고 흥정 결과에 기뻐했다. 물론 그 큰 러그를 집까지 들고 가느라 엄청 고생했다는 말도 잊지 않았다. 두 사람 모두 오일장에서 쇼핑한 후 만족감을 표시했다. 요즘도 장이 서는 날마다 그 주변 도로가 막히는 걸 보면 지역주민 사이에서는 오일장의 인기가 여전한 것 같다.

나도 이따금씩 오일장에 간다. K처럼 옷을 사거나 J처럼 러그 같은 것을 사본 적은 없고, 제주산 마늘이나 잡곡 같은 식재료를 주로 사오곤 한다. 이런 것들은 확실히 오일장이 싸고 믿음이 가기 때문이다.

J를 만난 후에 나도 오일장에 가서 러그를 사려고 봤는데 딱히 마음에 드는 디자인이 없었다. '바로 이거다' 싶은 물건도 아닌데 무겁게 들고 가는 고생을 사서하고 싶지는 않아서 결국엔 구경만 하다가 돌아섰다. 나오는 길에 보니 숯불석쇠구이 김을 팔고 있는 아저씨가 눈에 띄었다. 시식해보고는 그 자리에서 바로 두 봉지를 샀다. 아저씨는 능숙한 손놀림으로 봉지 안에 있는 김을 잘라주면서, 습한 날씨에 김을 어떻게 보관하면 좋은지와 눅눅해진 김을 바삭하게 만드는 방법까지 일러주셨다. 사실 나도 이미 알고 있는 얘기였지만 그래도 몰랐다는듯이 귀 기울여 듣고는 감사하다고 인사했다. 거무스름한 아저씨의 얼굴에 환한 미소가 번졌다.

오일장에 가면 늘 이런 식이다. 이날도 나는 오일장에 가서 입으로 들어갈 것만 바리바리 사들고 돌아왔다. 비록 조금 불편하고 특별히 산 게 없어도 오일장에 가면 왠지 배부른 느낌이 든다.

그렇다고 재래시장만 이용하지는 않는다. 아무래도 공산품 같은 것은 대형마트에서 사는 게 여러모로 편리하고 저렴하다. 또 가전제품을 사려면 인터넷쇼핑을 하거나 전자제품 매장을 찾아가야 한다.

서울처럼 논스톱 쇼핑이 가능한 백화점이 있다면 좀 더 편하겠다는 아쉬움도 있지만, 최근에는 백화점이나 아울렛에서 쇼핑하는 문화가 없어서 제주도민들이 더 행복한 것 아닌가 하는 생각이 들었다. 제주에는 백화점이랑 아울렛만 없는 게 아니라 '3초백'도 없기 때문이다.

번화가를 다녀봐도 중국인 관광객을 제외하면 명품가방 들고 다니는 사람을 찾아보기 쉽지 않다. 그렇다고 빈부격차가 없진 않지만, 일단 겉으로 봐서는 그 격차가 눈에 띄지 않는다. 그렇게 삶의 모습이 다들 비슷비슷하니 서로 상대방이 어떤 가방을 들었는지 따위에는 관심을 보이지도 않고, 그냥 자기가 좋으면 그뿐이라는 듯 행동한다.

해마다 개발도상국의 행복지수가 우리나라보다 높다는 기사가 반복적으로 나오는데, 그들이 행복할 수 있는 이유 중 하나가 상대적 박탈감을 덜 느끼기 때문이라는 분석이 지배적이다. 반면 우리나라는 소득불균형이 점점 심해지고 있는 상황인데다 서울은 유행에 더 예민하게 반응하니 상대적 박탈감도 더 클 수밖에 없는 것 같다.

가만 보면 물욕이라는 것도 남과 나를 비교하면서 비롯되는 경우가 많다. 친구가 어느 날 새로 나온 핸드폰을 들고 나오면 "아! 나도 핸드폰 바꾸고 싶다"고 하거나, 명품가방을 샀다고 자랑하면 "나도 하나 지를까?" 하며 물욕이 자극을 받는다. 그런데 제주에는 쇼핑의

메카라고 할 수 있는 백화점부터 없으니 누가 누구랑 비교를 하고 무엇을 얼마나 부러워할 수 있을까?

"인생이라는 것이 더 많이 소유하는 경쟁을 하라고 주어진 시간일 리 없다."

프리드리히 니체가 남긴 말이라고 한다. 나는 우리가 좀 더 행복의 본질에 집중했으면 좋겠다.

#왜 '제주'여야 했을까

제주에 내려온 이후 온탕과 냉탕을 반복적으로 드나들면서 여러 가지 생각이 들었다. 집에 혼자 있을 때마다 그 생각은 더욱더 내 마음을 깊게 파고들었다. 그리고 결국엔 하나의 질문으로 귀결되었다.

왜 '제주'여야 했을까?

나는 단순히 '제주에 오고 싶어서' 안달이 나 있었고, '그냥 제주에 살아보고 싶어서'라는 이유로 남들이 고민하고 망설이는 제주 이민을 무턱대고 저질러버렸다. 냉정하게 말하자면 나에겐 '~고 싶어서'라는 이유밖에 없었다. 그러니까 '마음이 시키는 일'이라는 것이 내가 제주에 온 이유의 전부였다.

정말 이것뿐인가? 진지하게 생각을 정리해 볼 필요가 있었다. 그런데 아무리 생각해도 별다른 이유를 찾을 수 없었다. 서울 생활이 싫지도 않았다. 그런데 왜? 내 생각은 한참 동안 같은 지점을 맴돌았다.

그런데 이 질문의 답 찾기는 사실 그 시작부터 잘못되어 있었다. 과거의 무엇이 싫거나 벗어나고 싶어서 현실도피를 목적으로 온 것이 아니라, 단지 서울보다 제주가 더 좋아서 왔으니 말이다. 그래서 내 질문을 이렇게 바꿔보았다.

서울보다 무엇이 더 좋았을까?

어떤 점이 더 끌렸을까?

그랬더니 그 답이 조금씩 보이기 시작했다.

· 바다를 자주 볼 수 있다.
· 경관이 수려하고 녹지가 많다.
· 조용하고 인구밀도가 낮다.
· 사람들이 여유롭다.
· 다른 섬에는 없는 '공항'이 있어서 서울과의 왕래가 쉽다.

마지막 줄에 방점을 찍어야겠다. 결국 섬 중 '공항'이 있는 건 제주
도뿐이라는 게 결정적이었다. 또 서울 토박이인 내 입장에서 도시의
많은 장점을 전부 다 포기할 수는 없기 때문에, 시내권역에는 도시적
인 면모가 있는 제주도가 '살기'에 적합해 보였다.

어린 시절이 잘 기억나지는 않지만, 나는 소원이 많은 아이였다.
그래봐야 전부 소소한 것이라 잊혀지고 말았지만, 그중 한 가지는 또
렷하게 기억난다. 바로 시골에 살아보기다.

'시골' 사람은 한 번쯤 서울에 살아보고 싶어 한다는데, 서울 토박
이인 나는 오히려 '시골'에서 살아보고 싶었다. 명절마다 친구가 시

골집에 다녀온 이야기를 해주면 이야기에 내 상상력을 더해 '즐겁고 아름다운 동화'처럼 받아들이곤 했다. 그 중에서도 특히 바다를 좋아해서 이색적인 '어촌' 풍경을 보면 더 강하게 매료되었다. 그러니 동서남북이 전부 바다로 둘러싸인 '섬'은 더없이 아름다운 삶의 배경이라는 생각을 품고 있었다. 강화도, 백령도, 교동도 같은 서해안의 섬뿐만 아니라 거문도, 흑산도, 완도, 청산도 등 서울에서 멀리 떨어진 섬에도 가봤다. 도시라고 다 같은 도시가 아닌 것처럼, 섬마다 풍기는 느낌과 색깔, 바람에 실려 오는 냄새까지도 다르다. 그건 섬마다 삶의 풍경이 다르기 때문이라는 생각이 든다. 봄이면 제주 바닷바람에서는 비린내가 아니라 귤꽃 향이 난다.

나는 매일매일 제주가 지닌 여러 가지 삶의 풍경을 마주하고 있다. 때때로 '아, 내가 이것들을 사랑하고 있구나' 하고 느끼고, 비록 부유하진 않지만 살아있음에 감사하는 순간들이 있다. 자연 앞에 한없이 겸손해지고, 어떤 날은 신선이라도 된 듯이 낭만적인 기분에 도취되기도 한다. 비록 내가 제주에 온 이유는 단순한 끌림이었지만, 제주가 내게 알려준 삶의 의미와 소박한 일상의 행복은 어릴 적 이루지 못한 소원을 모두 담아놓은 상자처럼 소중하고 값진 선물이 아닌가 싶다.

#제주에서 찾은 일상적 행복

왜, 회사도 그렇지 않나? 제주 이민도 마찬가지다. 결국 떠나는 사람과 남는 사람의 차이는 만족도, 행복지수의 차이다.

바쁘게 지내다 보니 어느덧 5월도 일주일만을 남겨두고 있다. 봄날의 순간들이 하루하루 사라져가는 게 야속하지 않을 정도로, 나는 요즘 더없이 행복한 5월을 보내고 있다. 그래서 때로는 '나 이렇게 마냥 행복해도 되는 걸까?' 하는 의문이 들기도 했다. 내가 정말 행복하다고 말할 때 친구들의 반응은 보통 두 가지다.

"부럽다, 부러워." 아니면 "대체 뭐가 그렇게 행복한데?"

자꾸 똑같은 질문을 받다 보니, 하루는 내가 행복한 이유를 찬찬히 생각해봤다. 혼자 그 답을 찾으면서 나는 점점 더 행복한 사람이 되어갔다.

"야……. 진짜 너무 태평한 거 아니야? 어떻게 그럴 수 있어? 걱정 안 돼?"

서울에 있는 친구의 말이다. 10년 넘게 알고 지낸 절친이지만 그녀는 아직도 가끔씩 내가 신기한 모양이다. 때때로 그녀는 걱정이 너무 많고, 나는 걱정을 너무 안 하고 산다. 각자 먼 곳에서 다른 삶을 살아가고 있지만 그럼에도 불구하고 우리는 여전히 서로의 생각과 마음을 이해하고 진심 어린 응원과 위로를 건넨다. 진심을 나눌 수 있는 친구가 있다는 것도 정말 감사하고 행복한 일이다.

넌 뭐가 그렇게 행복하냐고?
나는 참 별의별 행복할 이유가 많다.

한 번은 어떤 글에서 서윤 언니를 '지인'이라고 쓴 적이 있는데, 언니가 그걸 보고는 몹시 섭섭해 했던 적이 있다. 그냥 친구라고 쓰든가 하지, 친한 언니도 아니고 '지인'이 뭐냐며……

그만큼 언니가 나를 절친으로 생각한다는 말을 듣는 느낌이어서 내심 기분이 좋았다. 우린 사실 나이만 좀(?) 다를 뿐 진짜 절친이다. 특히 이 언니는 내가 제주에 살러 온 후로 우리 집에 가장 많이 투숙한 사람이기도 하다. 서울 가면 항상, 잠깐이라도, 꼭 만나는 사람! 바꿔 말하자면, 아무리 바빠도 나를 만나려고 기꺼이 시간을 내주는 사람이다.

세상 어디에도 당연한 만남은 없다. 멀리 있는 친구라고 해서 그들이 나를 꼭 만나야 할 이유는 없다. 더군다나 서울에서 가까이 사는 친구끼리도 서로 바쁘다는 핑계로 자주 못 만나고 사는 사람들도 많다. 그런데도 내가 서울에 올라갈 날을 기다려주고, 내가 올라갈 때마다 시간을 쪼개서 만난다는 건 얼마나 큰 마음이 움직여야 가능할까? 그런 걸 생각하면 나는 진짜 복 받은 사람이다. 제주에 살다 보니 내 시간이 될 때만 서울에 갈 수밖에 없는데, 이런 나를 '자기중심적'이라거나 '이기적'이라고 생각하지 않고 따뜻하게 맞아주는 사람이 있다는 것만으로도 서울에 올라갈 이유가 충분하다. 그래서 나는 서울로 가는 비행기 티켓을 끊을 때마다 마음이 벅차고 설렌다. 이런 게 행복 아닐까?

하지만 제주에서도 일하며 살다 보니 생일이나 명절을 꼬박꼬박 잘 챙기지는 못한다. 이런 것에 아쉬움을 느끼기 시작하면 제주 생활 만족도가 뚝뚝 떨어질 수밖에 없다.

그런데 나는 제주에서도 충분히 행복하고 따뜻한 생일을 보냈다. 어떤 날은 퇴근 후에 찾아간 바다에서 선물처럼 아름다운 일몰을 보는 행운을 누렸고, 외국에 있는 친구에게도 선물과 축하 메시지를 받았다. 게다가 제주에는 내 생일이라고 선뜻 미역국을 사주는 사람도 있다.

생일에는 누구나 축하를 받고 미역국을 먹는다. 그렇다고 해서 '이런 게 뭐 대수라고……' 하고 생각한다면 그 사람은 평소에도 정말 불행한 사람이지 않을까. 1년마다 돌아오는 생일조차도 '매년 똑같다'는 이유로 아무런 감흥을 느끼지 못한다면 그 사람의 하루하루는 얼마나 무심하고 재미없는 반복일까? 1년은 금세 돌아오고 우리는 그 속도로 나이를 먹는다. 하지만 기껏해야 평생 동안 반복할 수 있는 생일은 100일을 채 넘기기 힘들다. 그러니 무의미한 태도로 저버리기엔 뭔가 아쉽다. 일생을 사는 동안에 100일만 누릴 수 있는 즐거움이라고 생각을 바꿔본다면 이 하루는 그 자체만으로도 너무나도 이색적이고 특별하지 않을까? 그래서 나는 이번 생일이 더 소중했고, 더 행복했다.

마음 같아서는 다른 몇 가지 이야기를 일일이 덧붙이고 싶지만 사족이 될 것 같다. 더 이상 어떤 설명이 더 필요할까? 나는 이 정도면 주변 사람으로부터 분에 넘치는 사랑을 받고 있다고 생각한다. 이들이 내게 주는 마음만으로도 내 심장이 뜨겁게 채워진다. 바로 이런 게 행복 아닐까?

제주에 살면서부터 누군가의 여행지가 내겐 일상이 되었다. 5월에는 주말마다 날씨가 정말 화창했다. 선글라스를 썼는데도 눈이 부실 정도로 투명한 햇살이 한가득 쏟아졌다. 방 창문 너머로 한라산이 선명하게 보일 때마다 탄성이 절로 나왔다. '이렇게 날씨 좋을 때는 무조건 놀러 다녀야 한다'는 마음으로 여기저기 쏘다녔다. 제주시내에서 가까운 용담해안부터 김녕, 남원, 중문, 월정리, 산방산, 용머리해안, 송악산······. 5월의 제주 바다를 고스란히 내 눈에 담았다.

하지만 제주에서의 삶이라고 매일매일 행복한 시간만 있는 건 아니다. 나도 남들처럼 평일에는 일 하느라 바쁘고, 야근을 할 때도 있

고, 같이 일하는 사람과 성격이 맞지 않아 답답할 때도 있다. 그런 날
은 유난히 더 바다가 그리워진다. 그러면 퇴근하자마자 초스피드로
저녁을 먹고 베로나와 함께 산책하며 기분전환을 한다. 시원한 바닷
바람을 벗 삼아 길을 걷다 보면 어느새 다시 마음에 평화가 찾아온다.

때때로 자연이 주는 위로는 백 마디 말보다 더 진하게 내 마음을
어루만진다. 이 느낌에 중독되면 도저히 벗어날 수 없다.

가끔 마음 기댈 곳 없다 느껴지는 순간이 있다. 친구들과 길고 긴

통화 끝에도 채워지지 않는 공허함이 밀려드는 그런 날, 그런 순간에 바다로 향한다. 마음 둘 곳 없다 느껴지면 드넓고 광활한 바다 한가운데 내 우울한 마음을 던진다. 그렇게 내던진 마음이 저 바다 어딘가에 둥둥 떠다니겠거니 생각하며 반짝이는 물결을 바라본다. 그럼 마치 내 마음이 바다 위 파도와 함께 반짝반짝 빛나는 듯한 느낌이 든다.

행복이라는 녀석은 도무지 특정한 형체가 없어서 좀처럼 쉽게 눈에 띄지 않는다. 등잔 밑이 어둡다는 말처럼, 내 옆에 꼭 붙어 있는 일상적 행복은 숨은 그림 찾기의 그것처럼 더더욱 잘 보이지 않는다. 그래서 어떤 사람들은 어디서나 쉽게 찾을 수 있는 것으로 행복의 포장지를 바꾼다. 행복한 척, 괜찮은 척하는 것이다. 실제로는 아니면서.

'실제로는 아닌데…….행복한 척 하는 게 쉬울까?'

이게 얼마나 자기 마음을 아프게 하는 일일까 싶어 안타까웠다. 그렇게 행복한 척이라도 하다 보면 진짜 조금이라도 행복에 가까워질 것 같아서 그런다는 말에 어쩐지 짠한 마음이 들어 박수를 쳐주고 싶었다.

행복, 눈에 보이는 것도 아니고 손에 만져지는 것도 아닌데, 굳이 내 눈앞에 모셔두고 손 안에 잡아보려고 하는 사람들이 많은 것 같다. 그런데 누구나 행복의 출발점은 같다. 자기 마음속 어딘가!

이제 다시 처음의 질문으로 돌아가 보려 한다.

"나는 왜 행복한 걸까?"

사실 나는 남들 기준으로는 도저히 행복할 수 없는 사람이다.

나이 서른다섯에 미혼인데다 집도 없고, 빽도 없고, 돈도 없고…….또 뭐가 없을까나? 아무튼 없는 게 많지만 아무렇지 않다. 오히려 "그게 뭐 어때서?" 하고 반문하고 싶다. "나는 행복하지 못할 이유가 없는데?"

나를 진심으로 사랑하고 아껴주는 사람들이 있고, 제주 생활이 전혀 외롭지 않으며, 집안에 우환이 있는 것도 아니고, 어디가 아프지도 않고, 돈이야 벌면 되고, 마음 편하고, 내가 하고 싶은 대로 사는데 행복하지 않다면 그거야말로 진짜 이상한 것 아닐까?

그래, 난 행복하지 못할 이유가 없으니까.

세상에 99퍼센트의 행복은 있을지 몰라도 100퍼센트의 행복은 존재하지 않는다고 생각한다. 사람 마음이라는 게 그렇지 않나. 내 손에 들린 떡보다 남의 떡이 더 커 보이고, 맛있는 삼겹살을 먹고 있으면서도 다음번엔 소금구이를 먹으러 가자고 이야기하며, 20평짜리 집에 살다가 30평으로 이사하면 세상을 다 가진 듯 행복할 것 같다가도 금세 더 넓은 평수의 집을 꿈꾸는 게 사람이다. 이는 결코 나쁘지 않다. 행복에 대한 1퍼센트의 갈증이 인류의 역사를 만들었을 테니까.

하지만 진심으로 인생을 즐기고 행복해지고 싶다면, 불가능한 1

퍼센트의 갈증을 채우려고 스트레스 받으며 매달리기보다는 현재에 만족하고 감사하는 자세도 필요하다. 그래야 비로소 자신의 일상을 온전히 사랑할 수 있고, 따뜻한 시선으로 주변을 바라볼 수도 있다.

그때 비로소 그 사람의 시선이 머무는 일상 곳곳에 소중하고 감사한 것이 얼마나 많았는지 발견하리라 믿는다.

#내가 꿈꾸는 노년

작년 가을 무렵의 일이다.

한여름의 불볕더위와 휴가철이 지나간 뒤, 평소 관광객의 발길도 뜸한 서귀포의 어느 해변에서 내가 본 풍경 중 가장 아름다운 장면을 보았다. 그것은 나이 든 부부의 뒷모습이었다. 백발이 된 아내와 머리가 듬성듬성 빠진 남편은 바다를 향해 나란히 앉아 있었다.

평화롭고 따스한 노부부의 뒷모습을 바라보면서 마음 깊숙한 곳에서부터 일렁이는 파도를 잠재울 수 없었다. 파랗게 빛나는 바다보다도 이들의 뒷모습에서 더 큰 감동이 몰려왔다. 사진을 찍고 그들의 모습을 마음에 담아 두었다. 눈앞에 있는 이들의 모습은 먼 미래의 나의 꿈이었다.

'나도 이들처럼 나이 들고 싶다.'

굳이 남편이 아니더라도 외롭지 않게 누군가 함께 있으면 좋겠고, 부유하진 못하더라도 때때로 바닷가에 앉아 쉴 수 있는 마음의 여유가 있으면 좋겠다. 어쩌면 이 바람은 '서른 살의 내 모습은 이럴 거야'라고 쉽게 하던 상상과 다른 현실만큼이나 엄청난 괴리감으로 되돌아올지도 모른다. 그럼에도 불구하고, 막연한 꿈조차 꿀 수 없다면 얼마나 안타까울까. 저마다 자기만의 희망사항을 가득 품은 미래를 상상하는 것은 우리가 인간으로서 계속 살아가는 힘이다. 그래서 나도 조용히 꿈꿔본다. 제주의 노인들처럼 나이 들면 좋겠다고.

나는 제주에 내려올 때만 해도 노후 생각을 거의 하지 않았다. 불안한 미래에 대한 대비책이라고는 알량한 보험 두 개가 전부였고(이건 지금도 마찬가지다), 게다가 너무 먼 미래의 일이라서 현실과는 동떨어지고 허황된 생각처럼 느껴졌기 때문이다. 여기에 한 가지 이유를 덧붙이자면, 굳이 나이 먹고 늙은 노년의 내 모습을 생각하고 싶지 않았기 때문이다. '동안'과 '안티에이징'의 시대다. '안티-에이징'이라는 단어만 봐도 늙음은 부정적인 것이라는 사람들의 인식을 반영하고 있다. 나도 그렇다. 서른 이후로는 오직 내가 30대라는 사실에 대한 자각만 있을 뿐, 더 이상 나이가 많아지지 않기를 바라면서 하루하루를 살아가고 있다.

이렇게 노년을 생각하는 것 자체를 거부하던 내가 노년의 모습을 생각하게 된 건 '전적으로' 제주에서 마주친 할머니와 할아버지들의 영향이다. 굳이 비교하고 싶진 않지만, 내가 서울에 살면서 마음 아파하던 일 중 하나는 폐지 줍는 노인, 그리고 사시사철 지하철 입구나 계단에 쪼그리고 앉아서 노상을 하는 노인의 모습이었다. 그리고 지하철 안에서 구걸하는 사람들을 보면서 묘한 죄책감이 들었다. 그들을 보호하고 책임져야 하는 것은 이 나라의 몫일지도 모르지만, 달라지지 않는 우리 사회의 사각지대를 보면서 씁쓸한 마음을 지울 수 없었다. '가난은 나랏님도 구제할 수 없다'는 말이 떠오르기도 했다. 같은 시대를 살아가는 청춘으로서 너무도 가슴 아프고 안타깝지만 빈약한 내 주머니를 털어서 그들을 도와줄 수는 없었다. 나 하나 좀 보태준다고 그들의 삶이 쉽게 달라지진 않을 터였다. 그만큼 그들이 떠안은 삶의 무게는 무거워 보였다. 그래서 나는 못내 외면했고, 눈을 돌렸다. 외면한 대가로 항상 마음 한 구석에 죄책감이 들었던 것 같다. 제주에서는 그런 분들을 마주할 일이 없어 한동안 잊고 지내다가, 서울에 가면 또다시 그들의 삶을 멀찍이 바라보며 작은 한숨을 내쉬곤 한다. 마음이 너무 아파서 서울에 갔다가도 서둘러 제주에 내려오고 싶은 날도 있다.

반면, 제주에서는 그렇게 마음 불편해지는 순간을 접한 기억이 없다. 더 놀라운 사실은 이미 제주도는 전국에서 노인 인구 비율이 가장 높은 지역이고, 고령화 사회의 다음 단계인 '고령사회'를 목전에 두고 있을 정도로 노인 인구가 많다는 것이다. 실제로 그렇게 많은 노인이 살고 있는데도 폐지를 수거하는 할머니 할아버지는 좀처럼 찾아볼 수 없다. 동네 곳곳에 있는 클린하우스(쓰레기 버리는 곳)에 가면 항상 그대로 쌓여 있는 종이 박스가 이를 뒷받침해준다.

그렇다면 그 많은 제주의 노인들은 다 어디서 뭘 하며 살고 있는 걸까?

열심히 농사를 짓고, 바다에서 일을 하고, 시장에서 물건을 팔고, 산에 가서 고사리를 채취하고, 집 주변에 심은 농작물을 가꾸기도 한다. 물론 젊어서 벌어 놓은 돈으로 놀면서 먹고사는 경우도 많겠지만, '놀면 뭐하냐'며 안 해도 될 일을 찾아서 하는 사람들이 많다. 구체적으로 어떤 일을 가장 많이 하는지는 알 수 없지만, 제주의 노인들은 죽는 날까지 자식에게 생계를 위탁하지 않으려는 마음이 강하고, 제주의 문화 자체도 부모 자식 간에도 나이 든 자식에게 부담을 주는 '효' 사상이 중요시되지 않는 문화다. 삶의 자립성을 죽는 날까지 이어가려는 제주 노인의 습성은 힘들게 살아온 근현대의 역사적 배경 탓이라는 해석이 많다. 마치 숙명처럼 아픔을 짊어진 채로 이어져온 그들의 삶에서 '나이 든 부모의 태도'는 결국 자식의 짐을 덜어주고자 안간힘을 다해 노력하는 '무한한 자식 사랑'에서 비롯되지 않았을까 싶다. 그런 의미에서 세상의 모든 부모는 위대하다.

어쩌면 내가 아름답다고 말하는 제주의 노인들은 유년시절과 청년시절에 이미 너무 많은 고통을 받았는지도 모른다. 우리 세대가 미처 다 헤아릴 수조차 없을 만큼 쓰라린 상처를 가슴에 묻고 살아가고 있는지도 모른다. 그럼에도 불구하고, 그들은 살아 있는 사람만이 보여줄 수 있는 사랑과 배려, 인내와 열정, 삶에 대한 감사와 여유를 전부 갖고 있는 것처럼 보인다. 그래서 나는 순박한 제주의 어른을 만나면 더욱더 존경스러운 마음이 든다. 요즘 말로 금수저가 따로 있는 시절도 아니라 이분들이 지나온 삶의 풍경이 맑기만 하진 않았을 텐데, 시시때때로 비바람이 몰아친 날들을 견뎌내고 오늘날 이렇게 환하게 웃을 수 있다는 게 외유내강이라는 말에 딱 걸맞은 분들이 아닌가 싶다.

제주의 어른들을 생각하며 먼 미래의 나를 다시 한 번 상상해본다. 사소한 일에는 크게 개의치 않고 대인배처럼 웃어넘기며, 타인에게 관대하고, 매사에 여유롭고, 삶에 있어서는 죽는 날까지 열정적인! 이루 말할 수 없이 완벽한 노년의 모습을!

#참 별 거 아닌 행복

나는 요즘 글을 쓰는 데 많은 시간을 할애하고 있다. 모든 글이 처음 생각처럼 술술 풀리는 건 아니라 때때로 머리를 쥐어짜기도 한다. 쉬면 낫는다던 손가락이 여전히 아픈 걸 보면 내가 쉬지 않고 계속해서 무언가를 쓰고 있는 것 같다. 그러다가도 인터넷에서 취준생과 대학생의 삶을 엿보고 나면 그들에 비해 나는 너무도 충분한 휴식을 취하고 유유자적 살고 있는 것 같아 괜히 반성하게 된다. 나는 이렇게 가끔, 좀 더 부지런해져야겠다는 생각을 하면서 살고 있다.

금요일부터 시작된 비가 주말 내내 이어지고 있다. 내일도 비가 온다는 일기예보에 하는 수 없이 제습기를 터보모드로 틀어놨더니 온 집안이 시끄럽다. 제습기 소음을 이겨볼까 싶어서 음악을 틀었다가 껐다가를 반복하다가 결국은 제습기를 옆방으로 옮기고 방문을 닫아버렸다. 그래도 제습기는 제주 생활에서 도저히 떼어놓을 수 없는 생필품이다. 몇 시간이면 빨래가 아주 보송보송하게 마를 정도로 성능이 좋기 때문에, 소리가 거슬릴 때면 한쪽 방씩 왔다갔다 하면서 켜두는 게 그나마 생각해낸 차선책이다.

주말 내내 비도 오겠다, 집 밖으로 한 걸음도 나가지 않은 채 온종일 집 안에만 있었다. 이런 주말은 내가 딱히 뭘 한 게 없어도 잘만 흐른다. 온종일 집에서 하는 거라고는 밥 먹고 글 쓰고 이따금씩 베로나랑 놀아주거나 잔소리쟁이 동생과 통화를 하는 게 전부다. 비 오는 날엔 밖에 나가지 않고 집에서 글 쓰고 책 보는 것만큼 좋은 게 없다.

제주엔 비가 자주 내리는 편인데도 유난히 어떤 날은 차창 밖에서 들려오는 빗소리가 음악보다 감미로울 때가 있다. 그래서 이런 날엔 음악을 계속 껐다 켰다 하면서 글을 쓴다. 그래도 모든 것이 완벽하진 않다. 성질 같아서는 두두두두, 다다다다 뜀박질 하듯이 타이핑을 해야 기분이 좋은데, 손이 아프니까 사뿐사뿐 조신하게 타이핑해야 해서 흥이 좀 떨어진다는 게 좀 아쉽기도 하고, 쉬었다 쓰기를 계속 반복했는데 결과물을 보면 기껏해야 몇 장 썼을 뿐일 때도 있다. 그래도 이 순간이 정말 행복해서 놓을 수 없다. 꼭 해야만 하는 일에서 벗어나 그냥 내가 하고 싶은 일을 해도 되는 이 시간이 얼마나 소중한지 알아버렸기 때문이다.

대학생은 리포트와 알바로, 취준생은 스펙 쌓느라, 직장인은 회사 일 때문에, 결혼했거나 아이가 있는 친구들은 집안일과 육아 때문에, 그렇게 여기저기에 자기 시간을 떼어주고 나면 주말에도 각종 전문 학원, 결혼식, 가족모임이 기다리고 있다. 마치 나는 그들과 다른 세상에 살고 있기라도 한 듯 내가 잘할 수 있는 일과 내가 하고 싶은 일을 하면서 지내고 있다는 생각이 든다.

제주에서 생활하면서 불편한 점은 있어도 불만은 거의 없다. 불만이라면 그저 비가 너무 자주 온다 정도? 불만이 없으니 속이 편하다. 비는 내리고 집에서 밥 먹고 커피 한 잔 마시는데 마음이 벅차다. 이렇게 평온하고 여유로운 마음이 사치는 아닐까 싶을 정도로 달콤한 순간이다.

#두 가지 질문

우리 엄마는 종종 우리 외할머니 팔자가 부럽다고 한다. 그 이유인즉 슨, 외할머니가 평생 어디 가서 천 원짜리 한 장 직접 벌어본 적 없이 살았다는 거다.

외할머니는 제법 유복한 집에서 태어나 그 옛날에 소학교까지 다 니고 일찌감치 결혼했는데, 부업 같은 것도 일절 해본 적 없이 남편과 자식들이 벌어다주는 돈으로만 생활했다고 한다. 그렇게 평생 누구 한테 싫은 소리 한 번 안 듣고 아쉬운 소리 한 번 안 해보고 살다가 요 양원에도 스스로 원해서 들어가셨다.

감사하게도 그 흔한 지병이나 치매도 전혀 없으신데, 엄마는 이런 걸 두고도 스트레스 안 받고 사셔서 그런 거라며 부러워한다. 하지만 난 외할머니와 세대차이가 많이 나서인지 별로 마음에 와 닿지 않는 다. 그래서 엄마한테 이런 얘기를 듣고 있으면 그저 측은한 마음이 든 다. 사는 게 뭔지…….

어차피 금수저가 아니고서야 누구나 다 일을 해야 하는 건데, 요즘 은 대기업도 평생직장으로 여기는 사람이 많지 않다. 그래서 전공이 나 꿈과는 상관없이 대학 입학과 동시에 공무원 시험이나 이민을 준비하는 모임도 덩달아 인기라고 한다. 이렇게 퍽퍽하고 메마른 세상을 살고 있는 젊은이들에게 먹고 사는 문제는 꿈보다 앞선 평생의 숙제다.

그런데 나는 지금 여기서 뭘 하고 있는 걸까? 제주에 오면서 방송 일은 안 하겠다 생각했는데 그 힘든 다큐멘터리에 라디오까지 했고, 여전히 먹고살고자 글 쓰는 일을 계속하고 있다. 최근 몇 년 사이 종편과 케이블채널의 호황으로 서울에는 방송 작가 일거리가 넘쳐난다고 한다. 만약 같은 일을 서울에서 한다면 돈도 더 많이 벌 수 있고, 부모님의 마음도 좀 더 가볍게 해드릴 수도 있을 것이다. 굳이 누가 얘기하지 않아도 내가 제일 잘 알고 있다. 애초에 내가 제주행을 생각할 때 하던 가장 큰 고민과 맞닿아 있는 부분이기 때문이다. 몇 년이 지난 지금 사람들이 내게 가장 많이 묻는 질문은 두 가지다.

"불안하지 않아?"

"제주에 계속 살 거야?"

참 줄기차게 많이도 듣는 질문인데, 제주 생활 초창기에는 이런 질문에 자신감 있게 대답하지 못했다. 단 한 번도 흔들리지 않았다면 그건 분명 거짓말이다. 때때로 불확실한 미래에 대한 불안감이나 뒤처지고 있는 건 아닐까 하는 의구심이 나를 뒤흔들기도 했고, 그런 마음이 서울로의 회귀를 떠올리게 한 적도 있다. 하지만 해를 거듭하면서 나는 좀 더 확신을 갖고 대답할 수 있게 되었다.

먼저 "불안하지 않냐"는 질문에는 "내가 왜 불안해야 돼?" 하고 되묻는다. 곰곰이 생각해보면 내가 꼭 불안해야 할 이유가 없다고 결론 내렸다. 어차피 요즘은 평생직장이라는 개념도 무색해진 세상인데, 당장 서울로 돌아가서 몇 푼 더 번다고 한들 그 일을 몇 년이나 더 할 수 있을까? 그렇게 먼 미래를 생각할수록 중요한 건 속도가 아니라 방향이라고 믿는다.

누구나 저마다 추구하는 가치 기준이 다를 것이고, 어떤 이들의 잣대로 보자면 내가 어리석어 보일 수도 있다는 걸 잘 알고 있다. 그런데도 주변의 우려 섞인 시선에 아랑곳하지 않고 꿋꿋하게 내 인생을 끌고 나아갈 수 있는 건 내가 어느 누구보다 나 자신을 믿고 지지하기 때문이다. 비록 느릴지라도 내가 걷는 길에 확신이 있다면 불안이 침투하지 못한다. 그래서 내가 지금 이 순간을 사는 것에 더욱 집중할 수 있는 것 같다.

두 번째, 제주에 계속 살 거냐는 질문은 무슨 의미일까? 계속 살고 싶을 정도로 만족도가 높은지 묻는 거라면, 확실히 서울보다 만족도가 높다고 말할 수 있다. 또 질문의 표면적 의미 그대로 '계속 제주에 살 것을 목표로 두고 있느냐' 하는 질문이라면 꼭 그렇게 정해두지 않고 있다는 것이 제일 정확한 대답이겠다.

제주에서 살다보니 나에 대해 새롭게 알게 된 사실이 하나 있는데, 나는 어딜 가서든 현지인처럼 잘 적응해 살 수 있는 성격이라는 것이다. 자화자찬 같기도 하지만, 이게 낯을 가리는 것과는 좀 차원이 다른 얘기다. 그래서 언제든 마음이 바뀌거나 더 살고 싶어지는 곳이 생긴다면 또 홀홀 털고 갈 수 있지 않을까 하는 게 지금의 생각이다.

또 이렇게 말할 수 있는 이유 역시도, 언제든지 다시 제주로 돌아올 수 있다는 걸 알기 때문이다. 만약 그런 일이 생긴다면, 이미 한 번 해봤으니 더 잘할 수 있지 않을까?

#에필로그:
돌고 돌아, 다시 제자리?

하늘은 한 번도 같은 그림을 그리지 않고

바다는 한 번도 같은 파도를 일으키지 않는다.

자연은 매번 그렇게 같은 듯 다른 순간을 만든다.

우리 인생에도 일상이라는 이름의 무한반복 도돌이표가 있는 것 같다. 하지만 아무리 의미 없어 보이는 반복일지라도, 우리는 그것을 통해서 한 걸음 나아갈 수 있다.

나는 그림을 못 그리는 편이라 그림 그리는 사람을 만날 때마다 어떻게 하면 그림을 잘 그릴 수 있게 되냐고 물어본다. 그 사람들은 하나같이 똑같이 대답했다. 무엇이든 하나를 정해놓고 잘 그릴 때까지 계속 반복해서 그리면 된다고. 그 방법밖엔 없다고 했다.

어쩌면 내가 그림을 잘 그리지 못하는 건, 그렇게 반복해서 그릴 만큼의 열정이 없어서일지도 모르겠다. 사실은 그림뿐만 아니라 모든 것이 그렇다. 피아노도 계속 반복해서 연습해야 한 곡을 제대로 연주할 수 있게 되고, 운전도 꾸준히 계속해야 도로 위에서 당황하지 않게 된다. 이처럼 매일 반복되는 일상도 어제보다 나은 내가 되는 과정이라고 생각하면 조금 더 의미 있는 하루하루를 만들 수 있지 않을까.

하지만 그럼에도 불구하고 일상의 반복성은 때때로 우리를 지치게 하고 지루하게 만든다. 어딘가로 확 떠나버리고 싶지만 좀처럼 실행에 옮기기가 쉽지 않은 게 보통 사람들의 현실이리라. 다행히 바로 그런 순간들마다 나의 제주가 '반짝'하고 빛을 비춰준 덕분에 나는 예전보다 더 많이 웃을 수 있었다.

사실 나의 제주 생활에는 로망으로 삼을 만큼 거창한 것이 없다. 어찌 보면 장소만 제주로 바뀌었을 뿐 서울에서의 삶과 크게 다르지 않다. 마치 돌고 돌아 다시 제자리에 선 것처럼 똑같이 글 쓰는 일을 하고 있지만, 조금 적게 소유하는 대신 내가 쓰고 싶은 글을 쓸 수 있는 시간을 얻었다고 생각했다. 그리고 그 작고 소중한 시간이 모인 덕분에 내가 꿈꾸는 방향으로 한 발자국 나아갈 수 있게 되었다고 믿는다. 참으로 행복하고 감사한 나날들이다.

부록: 초보 제주 이주민 탈출을 위한 꿀팁

#추천할 만한 이주민 대상 강좌

강좌는 수시로 개설되고 바뀌기 때문에 좋은 강좌를 자주 여는 단체의 소식을 살펴보거나 제주지역 인터넷 신문을 꾸준히 보기를 권한다. 박물관이나 도서관에서도 유익한 교양 강좌를 종종 진행하므로, 회원 가입을 추천한다.

· 국립제주박물관
· 제주특별자치도 인재개발원
· 제주평생교육진흥원
· 서귀포시평생학습관
· 제주발전연구원
· 설문대여성문화센터
· 제주어보존회

·동사 또는 형용사 + 'ㄴ' : 과거형

      +그네 = ~해서

      +게 = 앞에 나온 말을 강조하는 의미

      +써 = ~하세요

      +부난 = (무엇 때문에, 무엇이) ~해서

           ex. 바람 불어부난 머리가 이추룩 됐쥬 게.

      +커라 = ~것 같다, ~하겠다

·게메 = 그러니까, 글쎄

·밥 먹언? = 밥 먹었어?

·뭐 하멘? = 뭐 하고 있니?

·어디 감수광? = 어디 가세요?

·제라지게, 제라진 = 잘난

·하영 먹읍써 게 = 많이 드세요.

·올레 vs 한질 = 골목길 vs 큰길

·고팡 = 곡식창고

·족다 = 작다

·감저 = 고구마 / 지실, 지슬 = 감자

·강생이 = 강아지 / 고냉이 = 고양이

·감티 = 해초 / 멜 = 멸치 / 굴멩이 = 군소 / 몸 = 모자반

·괸당 = 친척, 친한 사람

·검질 = 김매기

·깅이 = 바닷게

·코시롱하다 = 고소하다

·왓 = 밭

·누넹이 = 누룽지

·맨작맨작 = 미끈미끈 / 촐락촐락 = 깡총깡총 / 줌막줌막 = 깜짝깜짝

·마기김치 = 열무김치

·똘 = 딸

·말젯거 = 셋째

·멜라지다 = 무너지다

·벵디 = 넓은 들판

·비룽비룽 = 구멍이 송송 나 있는

·빙삭이, 빙새기 = 빙그레, 방긋이

·삼춘 = 남녀 구분 없이 윗사람을 부르는 말

*일반인의 이해를 돕고자 아래아 표기는 생략하고 표준어 발음에 가깝게 옮김

＃내가 제주에 집을 짓는다면

제주살이를 시작한 지도 벌써 4년이 지났지만 계속 연세로 집을 빌려서 살다 보니 마음에 안 드는 부분이 있다고 내 멋대로 뜯어 고칠 수도 없고 제주라는 지역 특성상 포기해야 되는 부분도 있다는 걸 알게 되었다. 옛말에 고기도 먹어본 사람이 맛을 안다지 않는가? 그래서 내가 언젠가 제주에 집을 짓는다면, 건축주로서 꼭 반영하고 싶은 것들이 있는데, 혹시 제주에 집을 짓거나 리모델링을 계획중인 분들이라면 참고가 되길 바라며 '내가 꿈꾸는 제주 집짓기' 가이드라인을 공개한다.

·위치: 일단 집을 짓는다면 제주시나 서귀포시 외곽이 좋다. 만약 제주 시내로 출퇴근해야 한다면 조용하면서도 도시 생활권에 인접해 있는 조천이나 신촌, 삼양, 하귀 정도가 손꼽힌다. 외도동은 제주시에서 가깝지만 항공기 소음이 심한 편이라 피하는 게 좋다. 또 해안가에서 너무 가까운 곳보다는 최소 1킬로미터 이상 떨어진 곳이 좋다. 여느 카페처럼 바다 바로 앞에 집 짓고 사는 꿈은 과감하게 버렸다. 습기, 곰팡이, 소금기 가득한 바람은 집을 병들게 만드는 3대 원

인이기 때문이다. 해변에서 조금 멀더라도 주변보다 고지대에 있는
양지 바른 곳이 바다도 잘 보이고 해가 잘 든다. 대신 중산간 지역은
겨울철 폭설에 고립되는 경우가 많으니 주의가 필요하다.

· 방향: 역시 정남향집 만큼 좋은 것이 없다. 제주도의 높은 습도에 대
항하려면 햇살을 집안에 가장 오래 들여주는 남향이 최적이다. 물

론 여름에 맞바람이 불고 환기가 편하도록 곳곳에 창문을 내주는 건 필수다. 집이 습하면 벌레들이 좋아할 수밖에 없기 때문에 집도 빨래만큼 보송보송하게 관리해야 쾌적하게 지낼 수 있다.

·자재: 바람이 많은 제주 특성상 어지간한 집에는 전부 우풍이 있다. 옆집과 위 아래 집이 있어 외벽이 적은 아파트와 달리 일반 주택은 360도 전면에서 불어오는 찬바람을 견뎌야 하기 때문에 단열재에 각별히 신경써야 한다. 외벽을 두껍게 설계하고 단열재를 집 안쪽 과 바깥쪽에 2중으로 덧대면 결로 현상도 줄이고 난방비도 절약할 수 있다. 비가 자주 오기 때문에 외장재는 방수효과가 있는 징크나 인공대리석으로 마감하는 것도 좋은 방법이다.
나무는 매력적인 소재지만 되도록이면 외부에는 쓰지 않는 게 좋 다. 요즘 제주에서는 현무암 벽돌로 지은 건물을 많이 찾아볼 수 있 는데, 제주 현무암은 소량 생산되는데다 비싸기 때문에 상대적으로 저렴한 수입 현무암으로 대체하는 경우가 많다.

·난방설비: 제주에 도시가스가 들어올 거라는 얘기는 몇 년 째 소문 만 무성하다. 요즘은 실내 등유 가격이 많이 내려서 기름 보일러도 에너지효율이 좋은 편이기 때문에 기름보일러나 LPG가스보일러 둘 중에 어떤 걸 사용해도 큰 차이가 없다. 만약 꼭 둘 중에 선택해야

한다면 배달을 자주 시키지 않아도 되는 기름보일러를 선택하겠지만 기름저장탱크의 부피 때문에 별도의 보일러실을 만들어야 하고 환기가 잘 되도록 관리해야 하는 단점이 있다.

그래서 내가 생각한 최상의 난방설비는 전기다. 바닥난방은 전기온돌로 가동하고 욕실 등에 필요한 온수는 전기온수기로 해결하면 기름이나 가스가 떨어질 염려 없이 생활할 수 있다. 지붕에 태양광패널을 설치하면 전기료 부담을 덜 수 있고, 지자체나 국비 지원 사업에 따라 설치지원금을 받을 수도 있으니 꼭 알아보고 진행하는 것이 좋다. 마당에는 단순설치가 가능한 태양광 정원 등을 꽂거나 가정용 풍력발전기를 설치하는 것도 고려해 볼만 하다.

·욕실: 환풍기와 제습기 설치는 누구나 생각할 수 있는 부분이다. 하지만 우풍이 심하고 난방이 되지 않는 욕실이라는 공간 특성상 겨울철에는 집에서 제일 추운 공간이 되고 만다. 그래서 겨울에도 편안하게 사용할 수 있는 욕실을 위해 천장에 매립할 수 있는 전구형 온열기구를 설치하고 싶다. 사우나 같은 곳에서 흔히 볼 수 있는 바로 그것이다. 지금은 겨울철에만 단순 거치형으로 쓰고 있는데 열선이 노출되거나 산소를 태우는 형식이 아니기 때문에 안전한데다 기대 이상으로 따뜻하다.

·수납공간: 제주에서는 드레스룸이나 신발장을 꼼꼼하게 관리하지 않으면 곰팡이가 생기기 쉽다. 심지어 옷장 서랍도 자주 열어서 환기시키지 않으면 곰팡이가 생기더라는 경험담을 전해듣기도 했다. 드레스룸을 만들거나 붙박이장을 만든다면 천장에 빌트인이 가능한 제습기를 설치하는 게 가장 좋다. 만약 이게 어렵다면 습기제거 기능성 제품을 곳곳에 비치하고 주 1회 정도는 옷장과 서랍장, 신발장을 모두 열어 충분히 환기시킨 후에 제습기나 선풍기를 틀어주는 게 최선의 방법이다.

·창문: 통유리창 너머로 바다를 볼 수 있는 집에 대한 로망을 굳이 실현하겠다면 말리지 않겠지만 추천하고 싶지 않다. 스타벅스에서 일할 때 보니까 이중 통유리인데도 비가 많이 오는 날에는 문제가 생기곤 했다. 심지어 태풍 때문에 출입문이 망가진 적도 있었다. 그 동안 몇 차례의 태풍을 경험하면서 제주의 바람만큼 무서운 게 없다는 생각이 들었다. 그러니까 창문은 무조건 제일 튼튼하고 좋은 걸로 시공해야 한다. 튼튼하고 예쁘기까지 하면 더 없이 좋겠지만.

내가 생각하는 제주집은 얼마나 습기에 강하고 바람을 견딜 수 있도록 짓느냐가 관건이다. 내부 인테리어에 공을 들이기보다는 기초공사와 외장재 단열에 투자하는 게 나중에 수리비 적게 드는 집이 될 거라고 생각한다. 제주 환경에 맞게 기본에 충실하면 내부는 내 취향에 맞는 가구들로 충분히 멋스럽고 아늑한 공간으로 연출할 수 있지 않을까?

앉는 자리를 바꾸지 않으면
눈앞의 풍경은 달라지지 않는다.